Astrid Petersen   Jobwunder Paula Plietsch

Astrid Petersen

Jobwunder
Paula Plietsch

© 2019 Petersen, Astrid
Herstellung und Verlag: BoD – Books on Demand,
Norderstedt
ISBN: 9783750405974

Covergestaltung: Ivo Constantin
Online-Realisation: Theo Waldhauer
In Kooperation mit www.ghostwriter-service-hamburg.de

Inhalt

Wer zum Kuckuck ist Astrid Petersen?

Astrid Petersen hat den Schalk gewissermaßen geerbt. „Ich bin über siebzehnkommafünf Ecken mit Till Eulenspiegel verwandt", sagt sie, die seit ihrer Geburt („Hälfte zwei des 20. Jahrhunderts") begeisterte Hamburgerin ist. Schon als Kind hat sie dem Volk aufs Maul geschaut und sich lustige Geschichten über ihre Mitmenschen ausgedacht. Das Schreiben ist bis heute ihre Leidenschaft geblieben, wenn sie nicht gerade ihrem Beruf im sozialen Bereich nachgeht oder Bücher übersetzt. In ihren Geschichten hält sie, ganz im Sinne der Eulenspiegeleien ihres berühmten Vorfahren, den jeweiligen Protagonisten des heutigen Alltagswahnsinns den Narrenspiegel vor.

Die Autorin hat, ganz unnorddeutsch, eine heftige Abneigung gegen Grünkohl, hingegen schätzt sie gelegentlich einen Cocktail White Russian „als Dessert nach einem gelungenen Tag". Mit Paula Plietsch hat sie eine Figur ersonnen, die es ihr erlaubt, in den verschiedensten Rollen zu agieren. Das tut sie mit taffem Tastenspiel und einer prallen Prise Selbstironie.

... und was bedeutet eigentlich „plietsch"?

Richtige Hamburger halten sich für so schlau, dass sie sogar ein eigenes Wort dafür haben: plietsch!

Das Wort stammt (wer hätte das gedacht) aus dem Norddeutschen und bedeutet: klug, clever, schlau, besser noch: pfiffig. Wer plietsch ist, hat eine schnelle Auffassungsgabe.

Auch der Norddeutsche Rundfunk steht auf schlau. „Plietsch" heißt das Wissensmagazin im NDR-Fernsehen. Und plietsch soll es auch sein: pfiffig, norddeutsch und immer garniert mit einem Augenzwinkern.

Das plietsche Trio

Paula Plietsch ist Klatschreporterin, freiberuflich und chronisch pleite. Sie stammt aus dem Blankeneser Niedrigadel, wurde aber enterbt, weil sie Udo Ulmenzweig Modell gestanden hat für eines seiner Likörelle – ohne Schuhe. Nebenberuflich ist sie ein wahres Jobwunder, hochtalentiert und in allen Sätteln gerecht. Paula ist eine Serientäterin. Das Schöne daran: in jeder Story erleben wir sie in einer anderen Rolle. Mal wirbelt sie als Reporterin auf dem Kiez, mal gibt sie die Moderatorin bei einem Radiosender auf dem platten Land. Oder sie fakt eine Stewardess bei einem obskurem Flug ins Blaue.

Eigentlich hat Paula eine große Karriere vor sich. Wäre da nicht ihre First-Freundin **Vera Valendra**, eine pensionierte Zirkus-Allrounderin. In ihrer besten Zeit vertrat sie gleichzeitig Dompteur, Messerwerfer und Feuerschlucker, heute fährt sie Taxi in Tangstedt. Ihre rustikalen Umgangsformen lotsen sie zielsicher in jedes Fettnäpfchen ringsum. Mit Vera trifft sich Paula oft in der Haifischbar; dort beknobeln sie neue Klatschgeschichten und lästern nebenbei über Mitmenschen, Männer und Mode.

Und, wetten, dass ... jedes Mal liefert das Duo waschechten Hochkant-Humor von der Waterkant. Heißt: immer hart am Wind, mal mit voller Kraft voraus, ein andermal mit Schlagseite. Und stets garantiert mit einer prallen Prise Humor in den Segeln.

Und dann ist da noch der pinkfarbene Papagei **Kinski,** Paulas Pflegefall und sozusagen ein Paukenschlag der Natur. Denn er dürfte globusweit der einzige Vogel sein, der politische Statements abgibt und Plattdeutsch spricht. Zudem schnabuliert das Sprechgenie liebend gern Reste aus Reagenzgläsern in Frau Frankenkleins Genlabor. Vielleicht ist er deshalb so mega intelligent, dass er sogar den Türk-Schnack-Kurs „Ünsinn.Digga" mit Auszeichnung bestand.

Komparsen und Sympathisanten

Professor Christian Kinski. „Ziehvater" von Veras Panik-Papagei; betreibt mit Frau Frankenklein ein geheimnisvolles Labor, gleich neben dem legendären gelben Haus am Pinasberg. Schwärmt für van Gogh, trägt permanent Ohrenschützer und betrinkt sich jeden dritten Freitag mit Absinth. Lieblingsattitüde des Gen-Spezialisten: „Mein Bruder Klausi sagte immer ..."

Hubert Himmel. Paulas Dauerverehrer; mega-schüchtern, stammt aus Ritzebüttel bei Cuxhaven. Wechselwarmduscher, Weicheiesser und Klapp-kaffeetrinker. Einmal im Jahr amüsiert er sich im Batman-Kostüm beim Bersenbrücker Kiezkarneval.

Allessandro Serralunga. Unehelicher Sohn von Vera Valendra und Paulas Lieblingsitaliener; Prototyp Macho, immer gut für schnelle Schmuddel-Schnacks. Allerdings gehen die meist prompt daneben, jedenfalls bei Paula.

Veras geheimer Freund Leo, tritt nie persönlich in Erscheinung, schreibt aber regelmäßig SMS-Nachrichten aus seiner virtuellen Box-Bude in Barmbek.

Paula Plietsch und der hundertste Geburtstag der Oberbürgermeistermutter

Star in dieser Geschichte ist die Mutter des Hamburger Ex-Bürgermeisters. Die hundertjährige Hanseatin mit dem Faible für Johannes Heesters langt gerne großzügig beim Eierlikör zu und stürzt den Filius während ihrer Geburtstagsfeier von einer Verlegenheit in die andere. Als Paulas Pflegepapagei sich einmischt, kommt es zu tüchtigen Turbulenzen, und schließlich eskaliert die Feier ins Bizarre.

Was denkt so ein Lindenblatt eigentlich, wenn es hoch über dem herbstbunt gefärbten Goldbekplatz Abschied nimmt von Mama Baum, und Sekunden später muss es Bekanntschaft schließen mit bösartigem Beton vom Baulöwen? Obwohl – dieses eine, es hat Glück, es landet nämlich, und zwar Quadratzentimeter-genau, im *Cocktail Hugo,* den sich Paula Plietsch soeben gönnt. Ein ziemlich berauschendes Startup für den zarten Nestflüchter, irgendwie beneidenswert, denkt sie. Würde jeder

Sprung in ein neues Leben so glatt gelingen, um wie viel besser gelaunt könnte doch die Welt sein ... „Dieses Exemplar werde ich mit nach Hause nehmen und vorsichtig trockenlegen", beschließt Paula. Dann bekommt es einen gemütlichen Ankerplatz im Kultbuch des Dalai Lama – Peace for everybody. Oder war das von Bob Marley? ...

Die Wirtin, bratwurstbrauner Teint, offenbar frisch zurück von Malle, treiben weit weltlichere Dinge um. *Hoffentlich fangen die nicht noch an zu kopulieren,* posaunt sie Paula zu, als sie die „Bruscetta Romeo, extra scharf" bringt. Dabei fixiert sie, unauffällig wie ein Hofhund mit Feuerwehrhelm, die Paare drinnen auf der Tanzfläche, die sich lasziv aneinander reiben.

Schön wär´s ja, so eine horizontale Vereinigung mitten auf einem öffentlichen Dance Floor, seufzt Paula innerlich, parallel dazu malt sie sich schon die Schlagzeile aus: „Hamburger immer triebhafter – Nackt-Tango in Winterhude!"

Paulas temporäres Problem, sichelscharf skizziert: Sie braucht dringend eine Story! Beim 3K-Magazin, für das sie gelegentlich schreibt (die drei Ks stehen für Karriere, Klatsch, Klunker) werden sie langsam ungeduldig. Kein Wunder, dass Paula schon seit Tagen ein ganzes Fass voller Frust vor sich her rollt.

Also höchste Zeit, etwas Einträgliches anzuleiern, bevor das Konto endgültig kein Wasser mehr unterm Kiel hat.

Vielleicht kann Vera helfen. Wenn nicht die Tangstedter Taxi-Queen, wer denn dann? Paula greift zum Handy. *Du, Vera, kannst du morgen Abend mal Kinski nehmen?*

Vera hat wohl gerade eine Tour im Hafen. Erst dröhnt ein Schiffshorn, ziemlich dicker Pott, wie es sich anhört; gleich darauf dröhnt Vera herself: *Mensch Paula, denkst du, ich hab' morgen kein' Dienst, oder was? Papageiensitting liegt dann nicht drin,* vernimmt Paula aus dem technischen Bereich ihres Verbalvibrators, der früher mal Hörer hieß.

Auha! Die ist ja man bannig hart in Fahrt, denkt Paula. Wahrscheinlich hatte ihr letzter Kunde einen Igel in der Tasche. Zwölf Cent Trinkgeld oder so.

Veralein, nur morgen Abend, flötet Paula. *Du weißt doch, Kinski neigt am Wochenende zu Depressionen. Eines Tages hängt er noch tot an der Gardinenstange – willst du das?*

Natürlich will Paulas First Freundin das nicht, absolut nicht. Vera mag keine toten Tiere, sie ist

Vegetarierin. Und seit ihr geliebter Zwergmops mit dem Trapezkünstlernamen Alfons beim letzten Alster-Eisvergnügen von so einem besoffenen Voll-Ingo auf Schlittschuhen versehentlich hingerichtet wurde, ist ihr Paulas Papagei vollumfänglich ans Herz gewachsen. Leider hat sie dem pinkfarbenen Federvieh, das ihr Frau Professor Frankenstein zur Pflege anvertraute, ein paar Schnacks beigebracht, welche die Ohrenzeugen mitunter tüchtig in Schwulitäten bringen. *Döös.kopp!* ist noch einer der harmlosesten.

Sie einigen sich, dass Kinski morgen mit Vera auf Dienstfahrt geht, während Paula auf dem Kiez frivole Fährten für eine fette Enthüllungsstory sucht ...

Wo bist du jetzt eigentlich? fragt die Taxi-Queen übergangslos. *Nicht, dass ich neugierig bin, aber ...*

Klar, neugierig ist Vera nie. Sie hätte nur alles immer gerne gewusst, am allerbesten haarklein und in 3D.

Ich sitze vor dem Café *Romeo in Winterhude.*

Das kann Vera auf die Schnelle nicht wechseln. *Äh, Hallo! Was willst du DA denn? Machst du jetzt auf Tischbringdienstmamsell?* Sie lacht ihr schepperndes

Lachen, wie eben nur uns Vera lachen kann. Böse gemeint ist es nicht, aber das wissen nur Eingeweihte.

Hier geht gerade eine Tango-Session ab, erklärt Paula geduldig. Jeden letzten Freitag im Monat, hab ich gehört. Plötzlich identifiziert ihr Ohr Luftpumpenähnliche Geräusche, gefolgt von einer messerscharfen Frage.

Willst du dir jetzt etwa einen Latino angeln, min Deern, Dirty Dancing und so?

Wieder mal typisch Vera! Immer denkt sie nur an das eine. Was Paula gut verstehen kann, ihr Verschleiß an Männern ist absolut übersichtlich. Und nun will sie mir womöglich einen Latino an die Wäsche phantasieren?

Quatsch! protestiert sie. *Ich wollte nur an der Bodelschwingh-Kirche ein paar Bücher für den Flohmarkt abgeben. Ein halber Meter Hera Lind und Friends. Da hab ich nebenan Tango gehört und bin hin.*

Vera merkt sehr wohl, dass ihre Freundin heute etwas verzagt ist und wechselt die Rolle, das kennt sie vom Zirkus her. Jetzt ist sie, die ehemalige Allround-Artistin, ganz Mutter Motivation für Paula.

Na dann halt mal fix die Augen offen, min Deern. Die Geschichten liegen auf der Straße, weißt du doch – und vielleicht tanzen die ja heute tatsächlich für dich Tango in Winterhude.

Darauf will Paula sich nicht verlassen. Ob Vera denn nicht was Heißes in petto hätte, fragt sie ganz bescheiden.

Nee, jedenfalls nix, was sich pekuniär verwerten lässt … Okay, heute Mittag hab ich Micki Krause zu Bodos Bootssteg gekarrt …

Paula wird hellhörig. Ihre Reporterinnen-nasenflügel fangen an zu vibrieren wie Hummeln vorm Frontalangriff aufs gelobte Klatschmohn-Land. *Ja und – was geschossen?*

Veras Antwort saugt ihr sofort den Wind aus dem Großsegel. *Nee, lohnte sich nicht. Der hatte zwar mindestens zweikommafünf Atü auf dem Kessel. Vermute mal, da war Jim Beam im Spiel, Jonny Walker kann auch sein. Aber wen interessiert das heute schon, ob einer legale Drogen nimmt. Außerdem hatte er seine zehn nackten Frisösen nicht dabei.*

Na ja, denkt Paula, eine hätte doch genügt, nur eine einzige, und halbnackt wäre auch okay. Schade.

Andererseits, Micki ist eh nur was für die Reservebank neben dem Sommerloch.

Doch Vera Valendra ist nicht eine, die schnell ihre Flinte in den Korn wirft. *Aber wir könnten doch wieder was zusammen faken*, tröstet sie. *Wie letztes Jahr, als wir Senator Paulsen fotografiert haben, als er angeblich gerade besoffen von seiner Domina kam.*

In Paula steigen kübelweise nagende Erinnerungen hoch. *Vera! Das Ding hat mich den Job beim Morgenblatt gekostet!*

So'n Schiet, jau. Aber konnten wir denn ahnen, dass Paulsen schwul ist?

Nein, denkt Paula, nur dumm gelaufen. Megadumm sogar. An solchen Pannentagen möchte man die Schlümpfe am liebsten würgen, bis sie grüne Streifen kriegen.

Vera hat wohl auch nicht ihren besten Tag erwischt heute. *Wart mal eben, min Deern ...*

Paula hört mit, wie sie den armen Martin in der Zentrale verbal auf Taschenbuchformat komprimiert. Kurz darauf ist sie wieder für ihre Freundin auf Sendung.

Sorry, Paula, aber der schnuckelige Schnarchhase brauchte das mal wieder!

Die beiden kehren zurück zu ihrem Thema Nummer eins. Wie auf der Pirsch lassen sie die üblichen Verdächtigen am Telefonhörer Revue passieren. Irgendwo muss doch wohl eine bannig fette Klatschstory aufzutreiben sein, schließlich leben wir hier direkt am Tor zur Unterwelt. Aber was nützt das jetzt? Das Sommerloch hat wohl dieses Jahr Verlängerung beantragt, garniert mit meterweise sauren Gurken Zudem stirbt profiliertes Promi-Personal langsam aus, oder es ist dem verbalen Weichspüler seines eigenen PR-Agenten zum Opfer gefallen.

Was waren das für Zeiten, als Drafi Deutscher noch lebte! seufzt Vera.

Da hat sie Recht. Mit Jenny Elvers ging auch immer was, aber seit sie, live und betrunken, auf der roten Couch im NDR-Fersehen blanken Blödsinn blubberte ist sie sowas von out ... Naddel vielleicht? Na ja, besser als nichts, aber Auflage machen lässt sich mit Bohlens Tipp-Ex-Model schon lange nicht mehr. Eine Story über Dieter himself? Nee, ist seit der vernichtenden Leser-Umfrage in der Morgenpost ein No-Go.

Und sonst? Um Heiner Lauterbach ist es Rentnerruhig geworden, Otto findet sich selbst nicht mehr lustig, Johannes B. Kerner turnt in der Riege der braven Boys, Richter Schill chillt in Kolumbien, und das Teppichluder aus der Altstadt ist so breit geworden, dass sie niemand mehr einlädt. Und gesamtdeutsch? Lodda Matthäus und Besenkammer-Boris gefällt es unten an der Isar besser ...

Aber es muss doch irgendwo irgendwelche Stars geben, die irgendeinen Skandal machen, um irgendwie aus dem Aufmerksamkeitsloch herauszukommen. Trunkenheits-fahrten, Nacktfotos im Playboy. Sauftouren, Bordellbesuche, Koks-Kapriolen. Wenigstens den Falschen heiraten könnte doch irgendeine Blöd-Beauty, ärgert sich Paula.

Wart mal kurz, grummelt Vera, *ich muss eben mal so 'ne Knalltüte auf seinem komischen Liegefahrrad von der Chaussee hupen. Wahrscheinlich wieder einer aus Pinneberg, der mit der Stadtluft nicht so richtig klar kommt!*

Beim Hupen bleibt es nicht, Paula hört Fäkalverbales aus dem Taxifenster fliegen. Danach klingt sie erleichtert. *So, dem Trollo hab ich mal kurz gegeigt, wo der Frosch die Locken hat!*

Kurz darauf müssen sie Schluss machen, Vera hat einen Fahrgast.

Noch am selben Abend kommt im wahrsten Wortsinn ein Auftrag vom Himmel: Die Mutter des Ex-Oberbürgermeisters feiere ihren Hundertsten, simst Kollege Hubert, Nachname Himmel, aus der Redaktion, und sie soll, zusammen mit Vera, dort hingehen und „eine politisch korrekte Rührstory" schreiben. *Geht klar, Hubert,* shortmessaged Paula postdrehend zurück. Hubert Himmel hat immer ein offenes Ohr für sie, da verzeiht sie ihm gerne das Auge, das er immer öfter nach ihr wirft.

*

Handlungsort der Jubelfeier ist das Prinz-Heinrich-Seniorenheim. Steuerbordseitig thront das Bauwerk über Hamburgs Gürtellinie, der Reeperbahn. In dem Grandhotel-ähnlichen Giganten, behütet von einem Glaskuppeldach, das an eine Sternwarte erinnert, residieren Betuchte und Bekannte ihren letzten Stündchen entgegen. Selbstverständlich ist das Ambiente stilvoll, geprägt von maritimem Flair, selbstverständlich mit Hafenblick. Erlebnisküche haben sie dort selbstverständlich auch. Alles wie frisch gebacken für einen auf hanseatisch umgepinselten Heile-Welt-Film von Rosamunde Pilcher.

Und weil das PHS seinen Bewohnern selbstverständlich auch ein Unterhaltungsprogramm anbietet, gibt es im achten Stock ein plüschiges Theater, auf dessen Bühne Konzerte, Dichterlesungen und Kulturkleinkram stattfinden. Normalerweise. Aber heute ist nicht normal. Heute gehört die Bühne ausschließlich der Mutter des Ex-Oberbürgermeisters, denn die wird hundert Jahre. „Jung", wie sie gleich im Foyer klarstellt, als sie Paula und Vera zu einem doppelten Eierlikör nötigt. *Aber man fix auf ex, Deerns!*

Das Publikum ist handverlesen. Honoratioren jeglicher Couleur üben sich, vom Maßschneider bestens betucht, im wichtig Aussehen, die zugehörigen Damen schleppen pfundweise Edelmetall mit sich rum. Pralle Duftnoten wabern umher wie Waschküchennebel bei Oma, nur exponentiell teurer. Insgesamt alles ziemlich etepetete. Man und Frau ist halt wer, sonst wäre man oder Frau nicht hier.

Vor der Bühne wuseln haufenweise Medienleute herum; Zeitung, Hörfunk, Fotografen, sogar ein Fernsehteam bringt sich in Stellung. Mittendrin Vera, behängt mit kanonenartigen Kameras, in Bundeswehrhose und Springerstiefeln. Paula performt entschieden eleganter: kleines

Halbschwarzes, bauchnabelfrei, designet by Blanca Luz in Barmbek.

Sie gehen sich frisch machen. *Also echt – Heidi Kabel wie sie leibte und wie sie lebte,* sagt Vera beim Händewaschen über die lebenslustige Jubilarin. *Fehlt nur noch, dass Henry Vahl reinspaziert kommt.*

Paula schaut sie fragend von der Seite an. *Henry wer?*

Stimmt, klärt Vera auf, *Old Henry aus dem Ohnsorg-Theater, den kannst du ja gar nicht mehr kennen. Das war nämlich zu einer Zeit, als der Koks noch im Ofen verheizt wurde.*

*

Als sie zurückkommen, sitzt des Ex-Ober-bürgermeisters Mutter auf dem Camelgelben Sofa von NDR13, eine Familienflasche Eierlikör neben sich, und pafft eine fette Virginia.

Mutter... mahnt der Ex-Oberbürgermeister diskret. *Hier ist Rauchverbot!*

Zwecklos, Mutter pafft provozierend weiter. *Was Helmut Schmidt durfte, kann ich auch!*

Denk doch an deine Gäste, Mutter, wirft ihr Sprössling leise ein.

Mutters Gesicht wird mucksch. *Junge, man wird nur einmal im Leben Hundert. Und außerdem, außerdem …* sie schiebt eine pädagogisch bedeutungsvolle Pause vor sich her … *außerdem hab ich früher auch nichts gesagt, als du immer diese Marianne-Zigaretten geraucht hast, oder wie die heißen. Kann mich noch gut erinnern, wie die Dinger gestunken haben.*

Der Kopf des Ex-Oberbürgermeisters läuft Cherrytomatenrot an. *Mutter, bitte … das gehört doch jetzt wirklich nicht hierher …*

Lass man, mein Sohn, sagt sie schnippisch, *ich vergess´ zwar manchmal meine Zimmernummer, aber mein Langzeitcomputer, der tickt immer noch so präzise wie ne Schweizer Kuckucksuhr im Schwarzwaldurlaub.* Sie winkt dem Kellner, verlangt nach dem nächsten Eierlikör, aber zackig, wenn es denn bitteschön ginge. Der Kellner spurt wie befohlen. *Und du trinkst jetzt auch einen mit!* Das gilt ihrem Sohn. *Wir haben ja lange keinen mehr zusammen schnabuliert. Beim letzten Mal war das, als du deinen Führerschein abgeben musstest, weil du zu viel Holsteiner Bauernbier im Tank hattest, näch?*

Der Ex-Oberbürgermeister windet sich wie ein Regenwurm auf der Heizdecke. Nur kein Skandal jetzt! *Mutter, bitte!*

Der Aufnahmeleiter des TV-Teams, ein adaptöser Sonnenbank-Junkie, schrille Elton-John-Sehhilfe, Currywurstfarbenes Jackett, will mit dem Dreh beginnen. *Können wir mal, Herrschaften? Ruhe bitte! ... Herr Oberbürgermeister, Ihre Rede... Und Action!*

Kamera läuft. Mit feierlich mariniertem Gesicht schreitet der Ex-Oberbürgermeister ans Mikrophon. *Liebe Mutter, meine sehr verehrten Damen und Herren, liebe Freunde und Verwandte! Ich freue mich ...* Plötzlich flattert etwas Pinkfarbenes herein. Paula glaubt es zuerst nicht – per Direktanflug landet ihr Pflegepapagei auf Veras Schulter. *Kuckuck!* ruft er lautstark in die Runde. Hanseatisch gedimmtes Gelächter flackert auf. Das freut Kinski. Also setzt er noch eins drauf, ebenso lautstark. *Ahoi.Cäpten!*

Paula ist entsetzt. *Vera, hast du das Autofenster...*

... muss wohl ... Aber man bloß ganz sutsche jetzt, min Deern, beruhigt Vera. *Das Ding dreh´n wir schon.*

Also, das Ganze bitte noch mal von vorn, näselt der Aufnahmeleiter pikiert.

Der Ex-Oberbürgermeister, noch schmunzelt er, setzt erneut zu seiner Geburtstagslaudatio an. Bei „freue mich" bleibt er wieder stecken. *Bunka.Bunka!*

rief Kinski dazwischen, jetzt sitzt er auf der Fernsehkamera, fabriziert mit dem Hinterteil zweideutige Bewegungen.

Paula erkennt betretene Mienen, aber auch Kichern der Marke „fremdbeschämt" hört sie. Andere haben sich nicht so im Griff, prusten lauthals los. Doch das war offensichtlich nur das Vorspiel. Jetzt hebt Kinski ab, geht zielstrebig im Sturzflug auf die teuren Stores los. Paula ahnt Schlimmes.

Kurz darauf, eine kleinformatige Tüte mit weißem Pulver im Schnabel, hockt Kinski auf der Stange einer Hamburg-Flagge. *Pfeffersack.Pfeffersack!* ruft er Sekunden später von oben in die Runde, die Plastiktüte nun in der Linken gekrallt.

Der Aufnahmeleiter sieht sekundenlang aus wie Billy Black nach dem Out, einige in seinem Team grinsen ziemlich breit. Der Ex-Oberbürgermeister räuspert sich im Fließbandtakt und hält das Mikrophon zu. Gerade noch rechtzeitig.

Koooks!Koooks! meldet sich Kinski erneut zu Wort. Paula versinkt fast bis zu den Knien im Parkettboden. *Nun mook di man nich inne Büx, min Deern,* beschwichtigt Vera. *Du wolltest doch ne Story – hier isse!*

Bringt bitte mal jemand diesen fürchterlichen Vogel zum Schweigen, kreischt der Aufnahmeleiter. *Schwuchtel!* kreischt Paulas Pflegepapagei empört zurück.

Ich werde mich bei Ihrer Redaktion über Sie beschweren, Frau Plietsch, zischt der Ex-Oberbürgermeister Paula zu. *Sado.Maso!* schmettert Kinski ihn nieder.

Endlich kommt Vera mit dem Seil. Manege frei für Vera Valendra! Früher im Zirkus hat sie die Lassonummern gemacht, heute heißt das ja Bondage. *Ich tue es nicht gerne, Kinski, das schwöre ich. Aber wat mutt, dat mutt!* schnauft Vera. Hastig knüpft sie eine Schlinge. *Schlampe!* krächzt der kühne Krakeler empört und flüchtet samt Tüte auf den Kronleuchter hinauf.

Das ist aber ein lebhaftes Tier, bemerkt die Jubilarin. *Wo hat er denn diese lockeren Schnacks her?* Bevor Paula antworten kann, wird Kinski lokalpolitisch.

Elb.Vielärmonie….abrrrei.ssen!

Der Bausenator hüstelt und nestelt nervös an seinem Krawattenknoten.

Und wie intelligent der Vogel ist, begeistert sich die Mutter des Ex-Oberbürgermeisters.

Kinski, jetzt ganz Torero, pariert Veras Seilwurf. Und während der Kronleuchter in Schwingungen gerät wie eine Schiffschaukel auf dem Buxtehuder Schweinemarkt, switcht Paulas Pflegevogel thematisch in die Wirtschaftspolitik. *Norrrd.Bank!Morrrd.Bank!*

Der Finanzsenator wird bleich wie Segeberger Kreide. Doch der Chaosvogel legt munter nach. *Betrrrüger!Betrrrüger!* Die süddeutsche Trachtengruppe, die später noch auftreten soll, bekreuzigt sich.

Dass ich das noch erleben darf, jauchzt die Jubilarin. *So eine lustige Feier! War das Ihre Idee mit Klitschko, Frau Plietsch?* ruft sie Paula zu.

Kinski, Mutter. Das Tier heißt Kinski, korrigiert der Ex-Oberbürgermeister, jetzt hörbar flachatmig. *So wie der Boxer ... äh ... oder war der Sänger? ...* Das falsche Stichwort. Denn nun, der Eierlikör törnt merkbar tüchtig, fühlt sich die alte Dame zu einer Gesangseinlage animiert.

Klar sing ich was. Gute Idee, mein Sohn!

Dirrrty.Dancing! fordert Kinski, hüpft von einem Bein aufs andere und lüftet lasziv die Flügel.

Aber die Mutter des Ex-Oberbürgermeisters gelüstet es nach Klassikern aus ihrer Jugend. *Was Johannes Heesters mit Einhundertvier konnte, krieg ich mit Hundert wohl auch noch hin, näch! Geben Sie mir mal das Mikroskopdingsda rüber, Herr Fernsehmann!* ruft sie dem Currywurstjackenträger zu. Sekunden später legt sie los. *Auuuf der Reeeperbahn nachts um halb dreiii ... Ob du´n Mädel hast oder Karl May ... Entschuldigung,* sagt sie, *aber den Rest von dem Lied von diesem charmanten Holländer, den hab ich vergessen ...*

Der Ex-Oberbürgermeister wischt sich den Schweiß von der Stirn. *Mutter, das war Hans Albers. Und es war nachts um halb eins!*

Aber das mit Karl May stimmte doch, oder? ... War das nicht der mit dem Kommunistischen Manifest?

Mutter! stöhnt der Ex-Oberbürgermeister und entwendet ihr das Likörglas.

Links.Parrrtei! meutert Kinski.

Die Trachtengruppe aus Süddeutschland verlässt murrend den Saal.

Rrrevolution!Meuterrrei! wird sie von Kinski verabschiedet.

Der Aufnahmeleiter bumst zu Boden wie ein umgekippter Presslufthammer. *Schnell, Riechsalz!* schreit jemand.

Eierlikör! Das bringt ihn wieder auf die Beine, ruft die Mutter des Ex-Oberbürgermeisters ins Mikrophon und schenkt sich nach. *Rrrrum!Rrrrum!* mischt sich Kinski ein.

Der Aufnahmeleiter sammelt sich wieder. Mit vereinten Kräften wird er auf die Beine gehievt. Er ist schwer genervt und ohne Brille. *Leute! In genau einer halben Stunde,* er sieht hektisch auf die Uhr, *nein, in neunundzwanzigeinhalb Minuten, muss der Film in der Redaktion sein ...*

Inzwischen hat Kinski die Tüte zerfetzt. Weißes Pulver rieselt vom Kronleuchter herunter. *Lokal.Rrrrunde!* ruft er.

Ach, wie nostalgisch, bestimmt ist das Ahoi Brause, sagt die alte Dame entzückt. *Die haben wir früher immer auf dem Kindergeburtstag bekommen. Das prickelt so schön auf der Zunge,* schwärmt sie. *... Junger Mann!* Sie winkt dem Kellner. *Besorgen Sie mir doch schnell mal ne lütte Prise!*

Die Situation läuft längst aus dem Ruder.

Das ist ja hier wie auf der Titanic! jammert der Fernsehmann. *Eiiis.Berrrg!* schreit Kinski und schüttelt die Tüte. *Abbruch! Abbruch!* schreit der Aufnahmeleiter, Sekunden später wälzt er sich auf dem Boden und rupft mit den Zähnen am roten Teppich. *Bringt mich nach Ochsenzoll. Viel schlimmer als hier kann das in der Klapsmühle auch nicht sein! ...*

Schließlich gelingt es Vera, Kinski ins Foyer zu locken. *Pass aber gut auf. Und mach die Tür zu,* warnt Paula, *er hat gestern im Fernsehen was über Gammelfleisch mitgekriegt.*

Keine Sorge, grinst Vera, *er kann ja kein „G". Sonst hätte er doch vorhin garantiert Bunga Bunga gesagt.*

Später schaut Paula nach, ob alles im Lot ist. Und tatsächlich, neben dem kalten Büfett hockt friedlich ihr pinkfarbener Panik-Papagei auf einer Kübelpalme. Offenbar übt er gerade leise ein neues Wort, noch klingt es wie „Rrrammel.fleisch". Zwischendurch beknabbert er eine mordsmäßige Chilischote, und Paula bildet sich ein, dass er ihr zuzwinkert.

Kurz darauf hat der Ex-Oberbürgermeister seine Rede zu Ende gebracht, jetzt ganz clean von Zwischenrufen. Seine Mutter ist gewaltig gerührt.

Die ganze Aufführung sei ihnen entzückend gut gelungen, versichert sie Paula und Vera mehrmals. Vera und Paula versichern ihr mehrmals, dass sie das riesig freut.

Kommen Sie denn zu meinem hundertfünften Geburtstag wieder? fragt sie. *Den Jopie Heesters, den will ich nämlich unbedingt noch knacken.*

Sie versprechen es bei einem doppelten Abschiedslikör.

*

Der Artikel im 3K-Magazin wurde dann tatsächlich eine reizende Rührstory. Vor allem Veras Foto fand großen Anklang: der Ex-Oberbürgermeister mit der Jubilarin, auf deren Schulter hockt Kinski, knabbert freundlich an ihrem Ohr. Auf Kinski hatte die alte Dame vehement bestanden, wenngleich mit Likörschwerer Zunge.

Die Action-Passagen mit Kinski hat die Redaktion allerdings gestrichen. Aber die Bildunterschrift, die Vera und Paula nach drei Flaschen Pinot in der Haifischbar eingeleuchtet war, die wurde komplett übernommen: „Zur Freude der Jubilarin hatte unser Redaktionsteam den Papagei „Kinski" (links im Bild) mitgebracht."

*

Applaus für Paula Plietsch! grinst Vera, als die beiden vor dem Cafe Romeo sitzen und sich dem nächsten Cocktail Hugo entgegenfreuen. Sie klatschten sich ab. So darf es gerne weitergehen!

Äction.Bittä!Äction! hören sie Kinski im Auto den Aufnahmeleiter nachäffen ...

PAULA PLIETSCH UND DER HAI VON HERINGSDORF

Gaststar in dieser Geschichte, besser ausgedrückt „Bad Boy mit Heiligenschein", ist Käpten Schummlich, ein gewiefter Kaffeefahrten-Crack. Diesmal hat sich der „Hai von Heringsdorf" eine besonders perfide Masche ausgedacht, unbedarfte Landbewohner um ihr Geld zu bringen. Paula Plietsch bleibt keine andere Wahl, als ihm beim Abkassieren zu assistieren.

Haben Sie Enten an Bord? Der Passagier im eleganten Flanellanzug flüstert fast verschwörerisch.

Solch eine Frage kann wohl kaum eine Flugbegleiterin kontern, nicht mal Paula Plietsch. Wie auch, beim Boarding ist derlei Recherche unüblich, selbst auf dem Wald- und Wiesenflughafen Heringsdorf auf der Insel Usedom in der südlichen Ostsee. Doch kurz darauf hat Paula ihre Gesichtszüge wieder justiert, wenigstens einigermaßen. *Mein Herr, die Menükarte finden Sie an Ihrem Sitzplatz ...*

Der Mann im eleganten Flanell fühlt sich missverstanden. *Pardon, Madame, aber es handelt sich nicht um den lukullischen Aspekt dieses Ausfluges. Es ist nämlich ... äh ... meine Gattin ...* Er deutet auf eine Dame im Obelix-Format, die in sicherem Abstand wartet, gehüllt in einen voluminösen Mantel aus Flamingofedern, die Ohren eingekeilt zwischen Kopfhörern im Untertassenformat.

Der Mann räuspert sich verlegen, geht dann zum Outing über, Häppchen für Häppchen. *Sie müssen nämlich wissen ... meine Gattin, sie ...* Er windet sich wie eine Giraffe auf Skiern im Startbereich einer Sprungschanze. *Es ist nämlich so ... sie ...*

Paula blickt ihn aufmunternd an.

Sie leidet an einer Anatidaephobie, stößt er hervor.

In Paulas Mienenspiel tummeln sich fette Fragezeichen. Sogleich hilft ihr der elegante Mann aus der Verlegenheit. *Verzeihen Sie, Madame, ich vergesse stets – diese Diagnose ist nicht allseits bekannt. Formulieren wir es einmal etwas volkstümlicher ...* Wieder räuspert er sich. *Es ist ... also ...* Nach einem finalen Verlegenheitsräusperer bricht es schließlich aus ihm heraus. *Nun gut! Es ist die Furcht, von Enten beobachtet zu werden!*

Vor ihrem geistigen Argusauge jettet Paula überschallgeschwind durchs Handbuch für Problem-Passagiere. Nicht ganz leicht für sie, ihre Stewardess-Karriere war kurz, schon nach dem ersten Probeservieren wurde sie abserviert, und hier jobbt sie als Ein-Euro-Aushilfskraft.

Mein Argusauge ist heute ziemlich langsam, findet Paula. Aber dann !Bingo! der Erinnerungsblitz: Stichwort Empathie. Jetzt gilt es einfühlsam zu sein, Interesse zeigen! Mitleiden mit dem Mann der Entenfürchtigen. *Lebendige Enten?*

Die Antwort des Passagiers retourniert präzise und ohne einen Hauch von Vorwurf. *Mit Verlaub, Madame, vor verblichenen müsste sich meine Gattin nicht fürchten. Auch sind solcherlei Erscheinungsformen der Medizin nicht bekannt, sofern ich diesbezüglich richtig informiert bin.*

Als Paula ihm versichert, es drohe keinerlei Gefahr, die Maschine sei durchweg frei von Federvieh, signalisiert der Elegante der Obelixformatigen durch schwingende Arm-bewegungen, sie könne zum Boarding heranflattern.

Was für ein kultivierter Gentleman, schwärmt Paula, wenn doch nur alle Männer so wären ... Ganz und gar unwillkürlich holpert Dauerverehrer Hubert Himmel über ihren Gehirnbildschirm ...

Die übrigen Passagiere, die ungeduldig im Zubringerbus mit den sichtfesten und ganz in himmelblau getünchten Scheiben warten, machen einen weitaus weniger kultivierten Eindruck. Kurt Krüger aus Karlshagen etwa, früher Melker, heute gut gerüstet mit Bauch, Büchsenbier und BILD. In kritischen Situationen, etwa bei leeren Gläsern, neigt er zum Rülpsen.

Oder Olaf Olthoff, Dorffrisör in Anklamm, der aus Geizgründen nur Freibier trinkt. Seit er in der Tombola des Skatclubs eine Monatskarte für die Reservemannschaft der Krösliner Kickers gewann, nennen ihn alle Olaf Glückspilz. Auch Chantal Fischer ist mit von der Partie. Sie träumt von einer steilen Karriere als Unterwäschemodell. Derzeit verdient sie ihre Brötchen noch in der Bäckerei Schuhmacher, dort hat sie einen Job als Verkaufsberaterin in der Abteilung Blätterteig. Ihr Allgemeinwissen bezieht die Stroh-Blondine aus der Gala, ihre Kleidung von Klick. Weil „Schantall" für Kunstlippen spart und ihre Augen stets in einem Sumpf aus Kajal schwimmen, wird sie von rot gelichterten Gerüchten verfolgt. Auch an Bord erregt sie, wenngleich nur Aufsehen.

Mann, Mann, wat is dat denn für ne blonde Brosche da vorne? ... Junge, Junge, die hat ja Augenringe bis zum Kinn!

Die schrägen Einwürfe kommen von den hinteren Rängen. Dort hat sich der Kegelklub Wilde Welle aus Mellentin breit gemacht, Last-Minute-Bucher auf der Rückreise vom Rhein, einige Akteure noch voll beschwingt von der Rüdesheimer Riesling-Challenge. Sie haben hessische Heimatkunde im Kopfgepäck. *Mann, wat können die Brüderle dort saufen!* Auch die Kegelbrüder spekulieren offensiv auf Freibier. Vorsorglich haben sie noch via E-Mail eine Kiste Bommerlunder auf Eis legen lassen, auf Vereinskosten.

Alle Passagiere schweißt ein gemeinsames Motiv zusammen – die himmelblaue Anzeige im Usedom-Kurier hat sie angelockt. *„Testen Sie den neuen Ausflug-Service der Nostalgia BlueLine. Gehören Sie zu den Glücklichen der ersten Stunde. Genießen Sie eine fantastische Fahrt ins Blaue. Unser Unterhaltungsprogramm an Bord wird Sie umwerfen. Alles kostenlos"*, so lockte es dort, himmelblau leuchtend und in daumendicken Lettern.

Das kommt gut an, das hören alle gern. Auch Greetje Grote aus Greifswald, sie ist wegen Liebeskummer hier; Paul Zillmann aus Zinnowitz, begeisterter Schottlandfahrer und notorischer Rabattmarkensammler, ebenfalls. Nicht zu vergessen Übergewichtler Horst Müller aus Bad Sülze, den sie in seinem Dorf den rollenden Schinken nennen. Hinzu kommt der übrige Schnäppchenjäger-Tross aus der Region. In letzter Sekunde trudelt auch noch ein Pulk peinlicher Partynudeln aus Peenemünde-Nord ein.

Die Sitze sind nicht nummeriert. Gegen fetten Aufpreis gab's aber Reservierungen. Daher sitzt Ernst Buhr am Notausgang. Wie in seiner Stammkneipe. Weil ihm, allen Bauernregeln zu Trotz, vom Schnaps schnell schlecht wird.

Is ja richtig spannend hier, näch Else? Er deutet auf die Kabinenfenster, auch die himmelblau und undurchsichtig. Seine Eheholde, heute im Klatschmaulroten Kostüm, trägt noch die Yeti-Blue-Brille auf dem Hennaroten Haupthaar.

Die spannungsfördernden Sichtverhinderer mussten alle Mitflieger aufsetzen, bevor sie die Maschine bestiegen. Schließlich traf man sich zu einem Ausflug ins Blaue. Wahrscheinlich gehört dieses Blinde-Kuh-

Boarding schon mit zum Unterhaltungsprogramm, hatte sich Else gefreut, als sie sich im Entenmarsch die wackelige Gangway hinauftasteten. *Ü.ber.rasch.ung!* hatte sie gutlaunig in die Runde geflötet. Allerdings zum Ringelpiez mit Anfassen, dazu war es nicht gekommen. Schade aber auch, denkt Erna.

Ansonsten kann man kaum meckern. *Wat isses gemütlich hier!* Elses Ernst ploppt sich eine Flasche kühles Kultbier auf. Neun Euro neunzig. Plus Pfand und Glasbruchversicherung, aber egal heute, man gönnt sich ja sonst nix. *Hmmmmh! Gebraut mit Küstengerste,* schwärmt Bauer Buhr in sich hinein, nimmt ein paar Züge und lehnt sich zurück, sichtbar entspannungsbereit. Doch seine Angetraute wuchtet ihm derart schwungvoll-gönnerhaft ihre Landfrauenpranke auf die Schulter, dass Ernst ernsthaft mit seiner Secondhand-Zahnprothese kämpfen muss. *Das flenst aber, näch Ernst?*

Ich müsste mal die Haftcreme wechseln, denkt er noch, da trifft ihn der nächste Keulenschlag. Diesmal verbal. *Lass ma sachte angehn, Jung. Erst ma nachhaken, ob die überhaupt Spuckbüdel an Bord ham!*

Else lacht, so wie Else Buhr immer lacht, wie ein Rabe, der gerade eben den Räucherschrank vom

Nachbarn geknackt hat. Das kommt von ihren Zigaretten – „Rigorosa" von Rothemdchen, meist auf Kette, gerne auch als flotter Dreier-Torpedo vorm Frühstück in die Lunge abgefeuert.

Und wenn ihrem Ernst wirklich schlecht wird? Else Buhr fragt bei der Flugbegleiterin nach. Nein, keine Air Sickness Bags. Die seien nicht nötig, beruhigt Paula, der Ausflug verliefe ohne Turbulenzen und Luftlöcher das könne sie garantieren.

Else ist zufrieden. Überhaupt keinen Zirkus machen die hier im Flugzeug mit Anschnallen und so. Rauchen ist auch erlaubt. Und das Schönste: man merkt fast gar nicht, dass man in der Luft ist! Ab und zu mal ein kleines Ruckeln, ja, aber sonst … Was die Technik heute alles möglich macht, freut sich die Bäuerin, sagt aber nichts. Wer will schon als Bangebüx dastehen. So wie die, die immer erleichtert klatschen, wenn sie die Landung auf Malle überlebt haben.

Die ham sie aber prima restauriert, die Maschine! Hans-Jürgen Hövermann kennt sich aus mit Flugzeugen. Seit seiner vollumfänglich verpatzten Hochzeits-nacht klebt er im heimischen Bastelkeller alle Modelle zusammen, die jemals in echt deutschen Boden berührten. *Iljuschin, Baujahr 68,* sagt der pensionierte Fliesenleger, *da war Erich noch Kanzler und die Rente war Heuschreggensischer.*

Hansi, musst du schon wieder politisch werden, mahnt Gattin Ilse, die freitags die Käsetheke bei Karstadt in Köstritz macht. Hövermann, dessen Wiege, wie er immer betont, in „Gemmnitz" schaukelte, ist sonst nicht der Typ für Widerworte. Erst kürzlich bekam er vom örtlichen Strickbüdelklub den Goldenen Heldenpantoffel verliehen. Aber ganz ohne Meldung bleiben, das will er denn doch nicht. *Ach was, politisch,* mault er, *heut globn doch de meesten, Honecker is 'ne Würstlmarke, und die DDR een neues Pflannsenvernichtungsmittel von Monsando oder wie die glei noch heeßen.*

Turbulenzen gibt es dann doch noch. Als nämlich über den Lautsprecher das Kostenlos-Menü bekannt wird. *Zunächst bieten wir Ihnen eine Karlshagener Kartoffelkäfersuppe … Danach dürfen Sie sich auf die „Silberfischterrine Stralsund" freuen. Und zum Dessert gibt es Sassnitzer Ochsenfrosch in Ameisen-Aspik …*

Sekundenlang kehrt pralle Stille ein.

Fehlt ja nur noch Hack vom Hamster! erklingt plötzlich eine glockenhelle Stimme. … *oder Seepferdchen-Ragout!* setzt eine andere nach, ebenso glockig.

Das sind die beiden Müsli-Mädels mit Madonnenscheitel, die sich im Rostocker Reformhaus für flaches Geld abarbeiten.

Ruhe da drüben bei den Körnerfressern! meutert es aus der Mettbrötchenfraktion. Allen voran Klaus-Dieter Donnermann, Schornstein-fegermeister-Anwärter und erster Ehren-präsident der Königskaninchen-Züchter-vereinigung Putbus.

Ihr liebstes Grundnahrungsmittel nicht mit an Bord? Das ginge schon mal gar nicht, rüffelt der Beschwerdeführer mit dem blonden Plattfisch-Stoppelhaarschnitt. Er rüffelt allerdings ins Leere, Paula ist längst ins Cockpit abgetaucht. Weiteres Flugbegleitungspersonal gibt es an Bord nicht. Allerdings auch kein Ausweichmenü, daher bleiben Bestellungen aus.

Sie müssen was machen, Chef, mahnt Paula, *sie werden unruhig!*

Zeit für den Auftritt! Routiniert nimmt Kapitän Schummlich die Pilotenmütze aus dem Karton vom Kostümverleiher und wirft sich in Positur.

Na, wie seh´ich aus, Paula? Paula bemüht sich um ein diplomatisches Statement.

Perfekt Chef! Die Uniformärmel haben zwar reichlich Hochwasser und an der Hose fehlt ein Knopf. Und die Gummistiefel, die ziehen Sie besser aus. … Aber sonst – so werden Sie die Rädelsführer schon kleinkriegen!

Und ob er das wird! Schummlich kennt sich aus mit Meutereien. Die Geschichte der Seefahrt ist voll davon. Das weiß er aus den einzigen beiden Büchern, die er besitzt. Schon Kolumbus ließ in vergleichbaren Fällen reichlich Rum ausschenken, steht dort drin, und alle warn´s zufrieden damals.

Der alte Bauerntrick für die Matrosen, er klappt auch bei bäuerlichen Landratten. Routiniert rudert Schummlich die Situation in friedliches Fahrwasser, dies mit den Lockworten „kostenlos" und „Begrüßungsgetränk" über den Bordlautsprecher. Kein Wort davon, dass der Welcome Drink purer Stroh Rum ist. Nicht ohne Hintergedanken ausgewählt, denn die selbst ernannte „Hüttengaudi aus Österreich" zwängt stramme 80 Atü ins Glas.

Wer hat bei solchen Umdrehungen noch Lust auf Meuterei? Im Gegenteil, nach dem zweiten Drink probieren die ersten schon mal die Grundstellung für den Lübzer Lambada. Das ist momentan in im Ostsee-Norden und sieht aus wie ein schräg eingesprungener Tango auf dem Kartoffelacker während es Hagelkörner schauert.

Die Stimmung ist Bombengut, so was belebt das Geschäft. Klaus Schummlich, Reiseveranstalter, Pilot und Moderator in Personalunion, hat Erfahrung darin, wann die Zeit reif ist für den Frontverkauf. Früher klappte das am besten vom offenen Anhänger runter. Idealerweise direkt vor der Dorfkneipe. Doch heute sind zusätzliche Entertainment-Module gefragt, Unterhaltung hieß das früher.

Auf seine geniale Performance ist Schummlich stolz wie Pastor Bolle nach der Weihnachtspredigt. Der waffelblonde Mann mit der polnischen Polka-Locke auf dem Charakterkopf kann schnacken wie ein Gartenhäcksler von Bläck&Däcker. Außerdem hat er ein zupackendes Lächeln drauf. Nicht umsonst nennt man ihn hinter vorgehaltener Hand den „Hai von Heringsdorf".

Ja, Klaus Schummlich weiß er, wie man sich die Beute schnappt. Früher machte er prima Profit mit Kaiserlama-Decken, mit magischen Kochtöpfen und Wundermitteln gegen jede Krankheit und jedes Aussehen. Sein Meisterstück gelang ihm mit dem Faltenkiller „AntiCanyonQueen" von Bayerlein. Fehlerfrei kann er noch heute die finale Zauberformel aufsagen. Sogar im Vollrausch, vorwärts und zurück, notfalls auch im Handstand:

Dieses Präparat, Damen und Herren, das ist der totale Anti-Age-Knaller. In eurer Apotheke in Aurich kostet das freche zweitausend Euro. Plus Merkel-Steuer. Ist doch hammerhart, oder näch?!!! ... Ja, du lachst, Tante Irmgard da vorne inner ersten Reihe. Aber nur, weil dir schlecht iss von so pornösen Preisen ...

Käpten Schummlich nähert sich seiner absoluten Hochform. *Doch jetzt Attention, Herrschaften – bei uns kriegt ihr dieses Powerprodukt zum absoluten – ich sage ab.so.lu.ten! – Mega-Vorteilspreis. Weil ich euch nämlich einen Trick verrate: Ihr unterschreibt einfach einen Fünfjahresvertrag als Werbebotschafter. Dann zahlt ihr gerade mal nur noch lachhaft günstige ... Achtung, jetzt kommt´s: nur noch vierhundert.vier.und.vierzig Euro. Noch mal zum Mitschneiden für youtube: vier.hun.dert.vierundvierzig. Das isses euch doch wert, dass ihr Johannes Heesters überrundet. Oder nich?"*

Wohl tausend Mal hatte Schummlich die professionell perfektionierte Abzocke durchexerziert. Immer auf Kaffeefahrten in alten Klapperbussen mit noch älteren Leuten drin. Dreiunddreißig Personen, das war immer seine Glückszahl. Und genau so viele hat er auch heute an Bord. Da bleibt genügend Platz für Bühne und Verkaufstresen. Denn dieser Test hier und jetzt, das ist eine neue Dimension. Heizdecken und

Gelenkschmiermittel an Rentner verhökern, das war vorgestern. Jetzt testet er eine zahlungskräftigere Zielgruppe – handverlesene Landbevölkerung, alle Best Ager, alle in Lohn und Schwarzbrot. Und weil der Landmensch nicht länger hinter dem Vollmond zuhause sein will, werden die Flunder-Telefone weggehen wie Rollmops zu Neujahr im Demminer Dorfkrug. *Jeder von denen geht heute mit mindestens zwei Kilo Kommunikations-Krimskrams hier raus!* hatte er bei der publikumsfreien Probe getönt. *Dafür werd ich sorgen, beim eiligen Zeus!*

Paula lächelt in sich hinein. Sie weiß, dass Schummlich nicht viel hält von den „neumodischen Flachmännern im Frühstücksbrettformat mit denen man im Internet baden kann, während einen die Alte mit Frisörgeschichten zuquatscht". Aber ein richtiger Hardcore-Höker, der vertickt eben alles. Angefangen von Unfallversicherungen für Zwerghamster bis hin zum Monster-Mähdrescher für Kleingärtner. Zur Not sogar Pferdeäpfel in Dosen – dann aber als „lecker Kobe-Kalbfleisch-Klopse" und mit tapfer lächelnden Rinderkindern auf dem Etikett.

Heute hat Schummlich Containerweise Elektronik an Bord. Der Kilopreis, den er aufruft, ist sensationell. Dabei verdient er zwar null, aber die Stimmung ploppt hoch wie ein Erotik-Banner im

Internet. Gleich darauf schaltet Schummlich einen Gang höher, auch im Preisgefüge. Schönheitsmittel, sein Kernkompetenzgebiet. Und der unumstrittene Klassiker aller Cash Catcher. Geht immer, egal ob's schneit oder der Fernsehfrosch die Sonne vom Himmel lügt. Diesmal kommt die Schönheit aber in Bio und aus Omas Kräuterküche. Beides ist derzeit voll in. Und bringt mehr Profit, weil die Pharma-Fuzzis außen vor bleiben.

Als warm up gibt Schummlich den forschen Faltenschreck. *So, meine Damen, jetzt zeig ich euch mal, wie ihr eure Knetgummigesichter in Form bringt. Hinterher sehen die aus wie frisch gebügelt. ... Nix Facebook-Lift, nix Botoxspritze, no Silikon. Alles Frischzellenmagie aus Omas Beauty-Labor. Alles Natur pur ... Und hier isse* – in Cäsar-Pose hält er ein himmelblaues Kunststoffglas hoch – *Rasputina-Gold, die ultimative Anti-Falten-Marmelade aus dem Kaukasus! Ich versprech' euch eines, Mädels: Übermorgen kuckt ihr wie die Klum!*

Wieder lächelt Paula, diesmal ein paar Millimeter scharfkantiger. Sie kennt die Entstehungsgeschichte der magischen Marmelade. Auf die Idee waren sie beim Restetrinken nach Oma Krügers Neunzigsten gekommen. Während der Posaunenchor per Taxi entsorgt wurde – der Pastor hatte sich längst unter den Tisch verabschiedet – kam der heiteren Jubilarin die Idee, wie sich der verräterische Marmeladengeschmack wohl am besten über-tünchen ließe. *Do nehmt wi bloß ´n büschen Sardellenpaste, min Jung. Denn is dat Seute wech. Un min Mamelode, de schmeckt op eenmal so richtig no Kaukasus.*

An Bord verbreitert sich die Stimmung weiter Richtung heiter.

Nach der nächsten Runde Rum navigiert Cäpten Schummlich auf eine andere Zielgruppe zu. Nun piekt er die Eitelkeit der Junggesellen.

Männer! Für euch hab ich hier einen Lockstoff, mit dem kriegt ihr garantiert richtig Schlach bei die Dame eurer Wahl. Sogar wenn sie nüchtern iss! Kennt ihr doch aus der Werbung – Axt, damit hauen Sie jede Astronautin um … Er fletscht seine Haifischzähne. *… Und ich leg euch noch nen Hammer obendrauf – den Fünfkommafünf-Liter-Eimer Axt-RomeoStar. Die absolute Kontaktrakete, sach ich euch! Zum Mitnahmepreis von supersexy Sechshundert-sechsundsechzig Komma, sechsundsechzig Euro!* Prompt regnet es Aufträge. Schummlich weiß eben, wie modernes Frontloading funktioniert.

Das Anti-Schnarchspray „Ruhiger Robert" („Da rückt die Mama wieder näher an den Papa, aber

Hallo!") wird ebenfalls ein Renner. Erst beim Kochbuch von Conny Cäsch, immerhin durchs Köstritzer Kirchenblatt mit einem Achtel-Stern ausgezeichnet, kommt der Verkauf ins Schlingern. „Neues aus der Baldrianküche" will so recht niemand lesen, und kaufen erst recht nicht. Ähnlich ergeht es dem „runderneuerten" Ratgeber „Geile Kachelöfen bauen" von Wilfried Wehrmann.

Wir müssen dringend noch ne Runde Rum reinschmeißen, Chef! Hierfür erhält Paula umgehend Grünlicht. Und siehe da, kurz darauf erzeugt die „Werkzeug-App für den cleveren Landmann" absolut bombastisches Interesse.

Käpten Schummlich lacht sein pralles Profilachen. *Der neueste Hammer – direkt aus Chi.ca.go, Loite! Unser Multifunktions-Modell King Cong … Da iss'n Solar-Maulwurfschreck mit eingebaut. Scheucht die fiesen Stressmaker so butz aus eurem Garten weg. Und kernige Vibrationen haut das Ding raus, ich sach's euch!*

Er reicht das Vorführgerät ins Publikum. *Hier fühl mal, Erna – seismische Schwingungen im 30-Sekunden-Intervall. Da denken die Schwarzarbeiter unter eurem Englisch-Grün, sie sitzen inner Geisterbahn, so hart geht das rund! Also, da möcht´ ich kein Maulwurf sein, wirklich nich!*

Auch Alfredo und Ali, das Multikultipaar aus der Deich-Döneria in Demnin, sind mehrdimensional begeistert. Als sie erfahren, das Gerät eigne sich gar als Dachrinnenreiniger und Schuhbürste, ordern sie gleich ein Sixpack.

Eine Stunde später, die Bestellformulare füllen schon ganze Umzugskartons, holt Schummlich zum finalen Nachschlag aus. *Sind Autofahrer hier? Mal Handzeichen!* Alle heben die Hand, es sind dreiunddreißig.

Also, Loite, hier hab ich was für euch, da drum wird der Nachbar euch beneiden bis zum jüngsten Gerücht: Das ultimative Navi „Green Place" für das moderne Agrarier-Auto. Langzeit getestet im Fuhrpark vom Landwirtschaftsinnenministerium! … Und jetzt passt auf! Absolute Weltneuheit – hier kommt das Vier-Stufen-Kuhfladen-Warnsystem für verantwortungsvolle Fahrer. Alles luftdicht eingeschweißt. Luftdicht, sage ich. Auf Wunsch sogar mit Totwinkelwarner. Denn, mal ganz ehrlich, Landladies und Gentlemänner – wer von euch will denn schon kackgrüne Kotflügel haben in diesen rosigen Zeiten?

Die Leute sind schwerstens begeistert, es hagelt Aufträge und Anträge, und Käpten Schummlich suhlt sich, genüsslich und minutenlang, in Standing Ovations ...

Chef, wir müssen schnell zum Schluss kommen. In zwanzig Minuten soll ich die Landung ansagen! drängelt Paula. Das wird eng, verdammt eng sogar. Aber ein Käpten Schummlich, der schaltet schnell. *Und jetzt, Damen und Herren, kommen wir zum gemütlichen Teil. 'N büschen Erodig kann ja nich schaden, näch ...*

Schummlich schaltet auf Schummerlicht. Nun ist Paulas First-Freundin dran. Vera, die geduldig auf ihren Auftritt gewartet hat, inkognito und im Gepäckraum, ist ziemlich aufgeregt. Jetzt soll es losgehen mit dem Nebenjob als Mollig-Modell. Verdammich! Mit dem Blink-BH Modell „St. Pauline" auf den wackeligen Biertischbrettern als Catwalk tut sie sich ziemlich schwer. Alles so schummrig hier, und verdammt eng ist es auch, sowohl Wackel-Catwalk als auch Blink-BH. Ich hätte das verdammte Ding vielleicht doch besser vorher anprobieren sollen, ärgert sie sich. Und dann – nee, jetzt, ausgerechnet jetzt, müssen die beiden Wetterboys da draußen einen auf Luftfahrt-adäquate Action machen und tüchtig windige Turbulenzen faken ...

Zum Finale hin kommt Vera ins Schlingern und ins Fluchen. Beim applausfreien Abgang rempelt sie, aus Versehen, aber radikal, den Schornstein-fegermeister-Anwärter fast von den Füßen. Egal, kurz darauf ist klar, der blinkende BH kommt nicht so recht an bei der versammelten Schnäppchen-gemeinde.

Eine Ausnahme, wenngleich verspätet, gibt es aber doch noch.

Madame, führen Sie dieses Dessous auch in Größe Doppel-XXL?

Paula weiß sofort, wem die verschwörerische Stimme hinter ihr gehört. Der elegante Herr im Flanell. Er bestellt für seine Entenscheue Gattin gleich zwei Exemplare. Eines in Flamingo, das andere Walrossgrau.

Draußen geht es fix auf Feierabend zu. Hinnerk Hollmann stellt seinen Traktor aus. Wie im Fluge sind drei Stunden verrauscht.

*

Mann, de Schummlich vertellt do drin jo dat Blaue vom Himmel rünner!
Fritz Mainzel, der Mann auf dem zweiten landwirtschaftlichen Arbeitsgerät, sieht das auch so.

Jau, hast' Recht. Een Buddel Stachelbeermost mit Löwensenf för dreehundert Piepen as ultimativen Schuppen-Schreck verhökern, Mann, dat is man bannig happig.

Die beiden, als Wetter-Boys engagiert, klettern herunter, klatschen sich ab, stecken sich eine Zigarette an. Beide sind ordentlich zufrieden. Das war ja mal ein gemütlicher Nebenjob! Statt den ganzen Tag Runkelrüben ziehen, einfach ab und zu mal die alte Russenkiste kurz mit dem Trecker anruckeln – und schon hat jeder einen Euro-Hunni im Sack. Und für die Malerarbeiten gibt´s sogar noch ne Kiste Küsten-Kümmel obendrauf. War zwar ziemlich öde, die olle Halle komplett himmelblau anzupinseln. Aber nun lockt als Belohnung ein lecker Wochenende, natürlich bei Bier, Bratwurst und Bundesliga.

Noch schnell Billigkekse und Instant-Kaffee auf die Biertischgarnitur und das Schild „Premium-Büffet" aufhängen. Stramme Selbstbedienung hier, versteht sich. ... Ach ja, und die dreiunddreißig Einkaufswagen bereitstellen für die Schnäppchen der Ausflügler, die gleich flunderplatt den Fake-Flieger verlassen werden. Dann ist die „Operation Fahrt ins Blaue" für die beiden Hofnachbarn endlich erledigt.

Polonaise nach Blankenese! hören sie es im Wegfahren fröhlich schallen, als die ersten mit der Notrutsche ans blau gestrichene Tageslicht purzeln.

Hinnerk Hollmann ist das egal. *Nu gif mol fix Gas, Fritz! Nu tuckern wi nach Horsti in' Runkelkrug. Und do trekkt wi us erstmol een bis dree lecker Lübzer rin.*

Paula Plietsch
rockt das
Bauernfrühstücksradio!

Paulas Gegenspieler in dieser Geschichte: Radiomoderator Bobby Reich, genannt „der Arme". Bobby trägt Magnum-formatige Hornbrillen von Hornbacher, mimt im Shanty Chor „Keksdorfer Klabautermänner" den ersten Steuermann und verbringt seinen Urlaub in einer Fledermaus-Finca auf Fuerteventura. Die neue Kollegin aus der Stadtsch ist ihm ein Dorn im Auge. Eine neue Platzhirschin am Mikrophon? Bobby kocht vor Wut. Als auch noch Vera Valendra auftaucht, fliegen die Fetzen bis Flensburg.

Moin Moin, liebe Hörer! Radio Keksdorf wünscht euch allen einen stotterfreien Start in den Montachmorgen. Am Mikroskop ist Paula Plietsch. Und von mir kriegt ihr heute richtig was auf die Ohr'n. Sogar noch vorm Frühstück. Ich fang gleich mal'n büschen hardcoremäßig an. Und zwar mit "Satisfäktschen" von den Stones, okäy!?

Paula startet den Song, lehnt sich zurück, bläst die Backen auf. Puuuh! Geschafft! Der erste Schnack ist on Air! Zur finalen Entspannung pumpt sie gleich noch das nächste *Puuuhh!!!* hinterher, diesmal mit drei fetten Ausrufezeichen.

Doch die Erleichterung währt nur Sekunden. Im Kopfhörer knackt es – auf einmal hat sie schmale Backen, und Bobby im Ohr!

Paula! Du bist nicht mehr in der Pathologie in Pattensen. Da hattest du vorgestern deinen letzten Tag. Heute machst du Probemoderation fürs Frühstücksradio von Radio Keksdorf … Und das, wo du da reinschnackst, das ist ein Mi.kro.fon. Klar?

Ist klar, Bobby, nickt Paula. Besonders geknickt klingt sie nicht. Warum auch? Es ist noch kein Weltmeister vom Himmel gefallen. Höchstens von der Leiter. Das hat ihr Vera Valendra extra eingetrichtert. („Lass dich bloß nicht unterkriegen da bei diesem Bauernlümmel-Radio"). Recht hat sie. Nur nichts gefallen lassen!

Das Rezept scheint zu funktionieren. Kollege Bobby, der sie einarbeiten soll, wirkt zunehmend entspannter: *Okay, Paula, jetzt um halb sieben, da hat das wohl kaum einer mitgekriegt. Und wenn, dann war's eben der Standardkalauer. Den kloppen neue Moderatoren immer raus bei der ersten Ansage. Iss so ne Tradition, stammt aus Zeiten, wo Oma und Opa noch mit Dampf Radio hörten.*

Ooooch nee! Nicht schon wieder so einer, der am liebsten über seine eigenen Flachzangenwitze lacht! Paula kennt die Profilierungsneurosen ihrer Mitmänner. Aber egal. So'n büschen Schwund ist immer und überall. Was soll man denn sonst sagen zu einem, der Magnum-formatige Hornbrillen von Hornbacher trägt und im Shanty Chor „Keksdorfer Klabautermänner" den ersten Steuermann gibt, gesangstechnisch betrachtet.

Zudem, das weiß Paula von Facebook, sammelt er belgische Bierdeckel aus der Vorkriegszeit und verbringt nahezu seinen kompletten Urlaub in einer Fledermaus-Finca auf Fuerteventura.

Aber jedenfalls scheint er nicht nachtragend zu sein, der Bobby. *Also weiter geht´s, Paula. Dann mach nach den Stones man gleich noch die Verkehrsdurchsage hinterher.*

Okäy, mookt wi, nickt Paula. Sie ist extrem gutlaunig aufgelegt heute. Wer hätte das auch gedacht, dass ausgerechnet sie, Paula Plietsch, all diese Radio-

Rudis und Dampfplauder-Profis glatt abhängen würde, die sich zusammen mit ihr bei Radio Keksdorf beworben hatten. Nun macht sie auf Morgen-Moderation. Und das als Quereinsteigerin. Applaus für Paula Plietsch! grinst sie in sich hinein, das muss erstmal jemand nachmachen. Na ja, eventuell hatte ja die Mutter des Ex-Oberbürgermeisters ihre Hände mit im Spiel ... Aber egal, Job ist Job, wenn auch nur zur Probe.

*

Die Stones sind durch. Paula macht ein paar Räusperübungen, versehentlich ins offene Mikrofon, dann die Verkehrsdurchsage. *So Leute, nach den Faltenrockern aus Old England nu mal fix bäck to crazy Keksdorf. Nämlich mit nem dringenden Warnhinweis für die Fahrer landwirtschaftlicher Nutzfahrzeuge. Also Ohren auf Jungs jetzt: An der Landstraße L 6 bei Bullenhusen, Höhe Gaststätte Pilskrug, liegt ein Kondom auf der Fahrbahn! Die Polizei bittet dort alle Teilnehmer am Verkehr um besondere Aufmerksamkeit!*

Paula startet den nächsten Song. Lehnt sich wieder zurück. Passt prima zum Thema, denkt sie und singt leise mit. *Gaaanz Paris träumt von der Liebe...*
Erneut knackt es im Kopfhörer, dann rauscht es, schließlich brüllt es.

Bist du waaahnsinnig, Paula! Hast du sie eigentlich noch alle? Was war das denn für ne schräge Ansage? Mensch, es geht hier um Straßenverkehr! Bobby nebenan im Regieraum ist komplett aus dem Häuschen. Jedenfalls tut er so. Der Grund will Paula allerdings partout nicht einleuchten.

Wieso? Ich hab doch nur die Warnung von unserem Verkehrs-Scout weitergegeben. Hektor oder wie der heißt.

Paula! Der Hektor heißt Victor. Und er hat Rollo gesagt, Rollo!

Kondom hat er gesacht!

Rollo, verdammt nochmal! Ich hab ihn doch extra gefragt

Nein, Kondom, ganz bestimmt!

Wie soll denn ein Kondom auf die Fahrbahn kommen, morgens um halb sieben? dröhnt es in Paulas Ohr.

Vielleicht hat das ja was mit dem Rollo zu tun, zickt Paula zurück.

Wohl eher mit diesem Voice Translator, denkt Bobby. Das Ding ist aus der Steinzeit der elektronischen Sprachübersetzer, schwerhörig und unverbesserlich. Den hat er mal auf dem Flohmarkt geschossen, zu mehr reichte das Geld nicht. Geht natürlich auf Kosten der Qualität. Das Teil schreibt schon mal „Sperma" auf den Bildschirm, wenn Sperrmüll gemeint ist.

Bobby schnauft wie ein Nilpferd. Das kommt von seinem Übergewicht. Oder von den zu engen Breitcordhosen, in die er sich immer reinzwängt. Oder von den Hosenträgern, Marke Hohlkreuz von H&N. Jedenfalls ganz schön nervig, die Neue! Also kurz noch mal nachtreten. *Und ... und außerdem heißt die Kneipe Pilzkrug, verdammt!* Aber er muss heimlich zugeben, dass Victor manchmal schlimmer nuschelt, als es für alle Beteiligten gesund sein kann. Na ja, andererseits ... Mit einem Mal fliegt ihm ein ganzer Wespenschwarm von Ideen zu, wie er das Kollegen-Genuschel ausnutzen könnte.

Egal, beschwichtigt er geschmeidig, *wir müssen als nächstes den Wetterbericht raushau'n.* Damit erwischt er Paula voll auf dem falschen Fuß. *Welchen Wetterbericht? Ich hab hier jedenfalls keinen. Woher sollen wir den denn kriegen?*

Kannst ja mal eben bei der Stonsdorfer Sternwarte anpingeln. Vielleicht können die einspringen, spöttelt Bobby.

Am herzhaftesten lacht der regierende Platzhirsch tatsächlich über seine eigenen Scherze. *Marke Eigenbau und spontan serviert!* sagt er immer, wenn er selber moderiert. Schließlich muss man was tun, wenn man es zum Kultmoderator bringen will. Und die Wahl zum Moderator des Monats steht kurz vor der Tür. Aber von dieser Paula, die sie ihm da aus Hamburg geschickt haben, nee, von der Deern muss er nun wirklich keine Konkurrenz befürchten.

Machen wir alles selber, sagt er gönnerisch und schnippt sich die zigste Zigarette an. *Wozu gibt's denn Wetter-Apps? Ansonsten hältst du einfach den Daumen aus'm Fenster. Bei Regen sagst du Regen an und bei Sonne dann eben Sonne. Klappt immer.*

*

Verdammte Axt! denkt Paula. Sie hat keine Wetter-App. Sie will auch nicht den Daumen aus dem Fenster halten. Etwas mehr Niveau darf schon sein, findet sie, auch für die Hörer von Radio Keksdorf. Sie nimmt ihren Notizblock und strickt sich einen eigenen Wetterbericht. Wäre doch gelacht, wenn ich das nicht in Eigenarbeit hinkriege, dieser Schnösel nebenan wird sich noch wundern, mosert sie in sich hinein. An Kreativität hat es ihr schließlich noch nie gemangelt.

Nach zwei Songs ist der Wetterbericht fertig. *Hallo liebe Leute, hier ist wieder Paula Plietsch! Und ihr hört weiter das Bauernfrühstücksradio. Bestimmt wollt ihr wissen, ob es morgen regnet. Hier also die Aussichten, frisch gezapft bei unserem Wetterhahn Jörn Fackelmann vom Toblerone-Klimaservice: Morgen wird es kühler in Keksdorf. Der Grund ist ein Tief über der Biscaya, das hinten nicht hoch kommt. Und das rangelt sich über dem finnischen Meerbusen mit dem russischen Wolkenschieber „Wladimir Puh". Aber kein Grund zur Beunruhigung, liebe Leute, anderswo isses noch viiiel schlimmer. Am Nordpol schneit es, und auf Hawaii, da gibt's kaiiin Bier.*

Paula startet „It´s raining Men", von den Weather Girls. Und während sich die fünf pfundigen Afro-Granaten popowackelnd durch den Text lechzen, atmet Paula freudig durch.

Das war ja mal ne spontane Nummer jetzt! Sie geht zum Spiegel im Flur und klatscht mit sich selber ab. Jetzt dürfte es gerne rote Rosen regnen! Silberkonfetti wäre aber auch okay. Jedenfalls findet sie sich langsam ziemlich gut.

Ziemlich schnell findet sie auch die CD mit dem Hawaii-ohne-Bier-Song. Die wird hier regelmäßig beim Sonntagsvormittags-Stammtisch-Wunsch-konzert durchgenudelt.

Während die olle Kamelle durch den Äther schunkelt, gibt´s für Probe-Paula ein weiteres Mal Saures. *Nee, nee,* nörgelt Bobby ihr ins Ohr, *Frühstücksradio wär voll korrekt gewesen. Bauernfrühstücksradio lass ich auch grad noch durchrutschen. Aber komm mir bloß nich beim nächsten Mal mit Bauerntrampelfrühstücksradio um die Ecke. Der moderne Landmann hört sowas gar nich gern, kannste mir glauben. Nich, dass die uns noch mit ihren Treckern umzingeln, wenn wir Feierabend machen wollen.*

Landwirtschaftliche Zugmaschinen! kontert Paula.

Bobby ignoriert Paulas Insiderwissen und winkt verbal ab. *Egal, nach der nächsten Mucke müssen wir den Werbeblock raushaun.*

Kurz darauf hört es Paula nebenan rascheln, klappern und rumsen. Ein paar leere Bierflaschen klötern. Dann reißt Bobby die Tür auf. Der Mann mit der totblondierten Jesusfrisur über dem Aschermittwochgesicht scheint untröstlich.

Ich hab den Text verlegt. So´n Mist aber auch. Zehn Minuten noch bis zu den Commercials …

Aber warum grinst er dabei wie ein Kaninchen während der Kopulation? fragt sich Paula.

Ein Notizzettel landet auf ihrem Tisch. Die Gebrauchsanweisung dazu serviert Kollege Bobby persönlich und verbal. *Hier sind die Kundennamen. Improvisier einfach was. Ich muss jetzt los. Jan und Hein und Claas und Pit vom Shanty Chor, die warten im Pilzkrug auf mich. Wir müssen noch das Programm für den Gala-Auftritt am Sonntag beschnacken.*

Dann ist er weg, den penetranten Geruch von Irisch Moos, mit dem er sich einmariniert hat, frech hinter sich zurücklassend. Kann man nix machen, denkt Paula, als sie die Fenster aufreißt. Leider ist dieser Mückenmagnet das aktuell absolut angesagte Keksdorfer Kult-Parfüm.

Paula lehnt sich zurück, legt die Füße auf den Schreibtisch. Puuuh! Der hat Nerven, der Dicke. Haut einfach ab und lässt mich mit dem ganzen Werbekram sitzen. Commercials nennen die das.

Doch Paula wäre nicht plietsch, würde sie das aus der Laufbahn werfen. Na, mal schaun, denkt sie, wer hier eigentlich wirbt und wofür. Gar nicht so einfach, das alles zu sondieren. Die Kritzeleien auf Bobbys Notizzettel entpuppen sich nämlich als eine Mischung aus ägyptischen Hieroglyphen und japanischer Teekarte. Aber Nüsse sind zum Knacken da. Denen wird sie es schon zeigen, was sie alles drauf hat. Einen Werbeschnack erfinden, das kann so schwer doch nicht sein! Sie brütet, knabbert am Bleistift, textet und brütet weiter …

*

Die Tür geht auf. Dann klopft es herzhaft. *Kann man helfen?* Paula schreckt hoch.

Hallo Vera! Paula ist faustdick überrascht. Und muss grinsen. Typisch Vera Valendra, erst reingestiefelt kommen, dann tüchtig anklopfen. *Was macht denn die Tangstedter Taxi-Queen hier in Keksdorf?*

Ach, ich hab gerade so'n Vollpfosten beim Stuttgarter Weinfest auf dem Rathausmarkt aufgegabelt. Den musste ich nach Büdelsdorf karren. Sozusagen eine Trunkenheitsfahrt. Und weil das ja quasi hier umme Ecke iss, dachte ich …

Paula findet das gut. *Super, komm rein!*

Vera wuchtet sich auf den zweiten Sessel. *Was war das denn für ein pilsblondes Babyface, der mir grad entgegenkam auf dem Flur? Sach bloß, das ist dein Chef?*

Paula meint etwas Lauerndes in Veras Stimme zu hören. Wahrscheinlich meint sie Bobby.

Nee, das ist Bobby. Sozusagen mein Eintänzer hier. Ein regionales Unterhaltungs-Urgestein. Gehört irgendwie mit zum Inventar.

Aha, Bobby also. Genau mein Beutemuster, knurrt Valendras Vera. *Also, den würd' ich mir gern mal um den Finger wickeln …*

Das lässt Paula so im Raum rotieren. Wenn Vera auf Beutefang ist, muss man ihr die Illusionen lassen. Aber warum bloß ausgerechnet Bobby? Wahrscheinlich hat sie wieder ihre Gleitsichtbrille nicht auf, da verschwimmt ihr schon mal die Realität.

Vera sieht sich um, mustert den PC-Bildschirm. *Was haben sie dir denn daaa bloß für ne Möhre angedreht! Die ist wohl noch aus´m letzten Jahrtausend, oder? Kann man ja kaum noch was erkennen auf dem Ding.*

Ja, und dauernd flackert er … und manchmal, da verschwimmt alles, klagt Paula.

Wie kann sie ahnen, dass Kollege Bobby dann seine feuchten Hände im Spiel hat.

Kein Wunder, der Monitor ist ja voller Fettflecke, empört sich Vera. *Und, kuck ma! Im Mikrophon sind lauter Brötchenkrümel!*

Schnell switcht Paula auf ein anderes Gesprächsthema. *Wo hast du eigentlich Kinski gelassen?*

Vera dreht sich um und zeigt auf ihren Armeerucksack. *Da drin. Ich hab ihm ne Schlaftablette verpasst. Sonst kommt der doch bloß wieder mit schrägen Slapsticks an. Im Auto konnte ich ihn jedenfalls nicht lassen. Seit dem letzten Meeting bei Frau Frankenstein bepöbelt er immer die Latte-Machiato-Mammis.*

Da kannst du mal wieder sehen, wie kulturkritisch Papageien sein können, grinst Paula.

Ja, besonders solche Sonderanfertigungen wie dieser, entgegnet Vera.

Hoppla, verbales Minenfeld! Schnell legt Paula den Zeigefinger an ihre Lippen. Vera hatte wohl vergessen, dass Kinski sehr unangenehm werden kann, wenn jemand über seine Vergangenheit in Frau Professor Frankensteins Gen-Labor spricht.

*

Bald darauf knobeln sie gemeinsam an Keksdorfer Commercials. Den ersten Vorschlag präsentiert Vera.

Also, wie findest du diesen: Mediamarkt. Wie öd ist das denn!

Äh, also prinzipiell gerne, sagt Paula. *Aber Mediamarkt hab ich hier gar nicht auf der Liste.*

Vera legt nach. *Okay, und was hältst du hiervon: Haribo macht Kinder fett. Das steht sogar im Internet!*

Paula zögert. Doch sie muss ihre First-Freundin bei Laune halten. Und außerdem ist geteiltes Leid nur halbes Leid, das pfeifen die Spatzen doch schon seit vielen Jahren von den Dächern. *Auch nicht schlecht,* schmeichelt sie Veras Vorschlag schön. *Aber wir müssen was machen für Leute, die Kohle rausrücken für unsere Schnacks. Und die stehen eben auf dieser Liste.*

Vera nickt. *Klar jetzt ... Trotzdem schade ... Nehmen wir eben ein paar andere Goldbärchen,* schlägt sie vor. *Zum Beispiel diese Landladies hier ...*

Minuten später steht der Slogan, Paula haucht ihn engagiert in den Äther rund um Keksdorf. *Grünes kauft man erntefrisch vom Gut Groenwald. Die Gemüsehökerinnen ihres Vertrauens freuen sich schon tierisch auf ihren Besuch. Wir führen frische Ananas, aufgewachsen im Ostholsteiner Regenwald.* Paula holt tief Luft, bevor sie weitermacht. *Probieren sie auch unseren kerngesunden Kaviar mit russischen Stör-Eiern aus regionaler Bodenhaltung ... Gut Groenwald, weil Adel verpflichtet!*

Schon hat sie Bobby am Ohr, der im Autoradio mitgehört hat. *Paula, doch nicht diesen Beate-Uhse-Sound! Es geht um Obst und Gemüse, nicht um Reizwäsche, klar?!*

Paula lässt das einfach mal so stehen.

*

Commercial Nummer zwei ist so kurz und so knapp wie eingelaufene Sportshorts nach der Wäsche. *Muskelstudio Markus Mühlmann – wir garantieren für ihren Waschbärbauch.*

Bobbys SMS kommt prompt und kommentarlos: *Waschbrettbauch!!!*

Na gut. Vielleicht kriegt Vera das ja besser hingebogen.

Willst du mal ansagen, Vera?

Vera will. Engagiert legt sie los. *Führerschein? Kein Problem, auch für schwerste Fälle! Bei der Fahrschule Klaus Cräsch sind sie stets in den richtigen Händen. Wir machen auch Offroad-Training. Treffpunkt immer bei Vollmond zur Geisterfahrerstunde. Dorfstraße Nummer 9, direkt neben dem Schrottplatz. Bis dann. Euer Cräschman!*

Bobby im Auto staunt. Ganz schön fix, die Deern. Stimmen imitieren kann sie auch. Klang ja fast wie Cräschman himself. Aber auf die Falle mit dem Schrottplatz, da ist sie doch reingefallen ... Die Widersacherin bringt ihn in Wallung, rein radiogeschäftlich. Der werd ich schon helfen, mault er vor sich hin. Denkt dieses Gör aus der Stadt, die kann sich einfach so einzecken hier?

Sowieso, diese Stadtleute. Selbst in der Bauernpolitik wollen sie mitmischen. Neuerdings hängen überall Plakate mit diesem Kerl in seinem Korruptionsgelben Blazer und dem ins Gesicht geschweißten Lobbyisten-Lächeln, ärgert er sich. Er stellt das Autoradio an. Mal sehen, ob diese Paula wenigstens die Wahlwerbung pannenfrei hinkriegt, denkt er, nicht ganz frei von Hintergedanken. Er hört nur noch den Abspann.

... wählen Sie also am Sonntag unseren Kandidaten Dr. Dietrich Murks!

Paula, Marx heißt der, wollt ich nur sagen ... liegt ihm auf der Zunge. Aber andererseits, Hunger hat er auch. Er biegt in einen holperigen Feldweg ein und stoppt an Ernas Schnibbelbohnensuppenbude. Mal fix ne Suppe schlürfen! Sieht die Welt schon wieder viel runder aus hinterher. Ernas Schnibbelbohnensuppen sind Kult in Keksdorf. Und immer denkt sie sich neue Varianten aus. Mitunter allerdings gewöhnungsbedürftig.

„Heute mit Vorderkeule vom frischen Flügelhamster" steht denn fett auch auf der Kreidetafel. Bobby dreht möglichst unauffällig ab. Wahrscheinlich wieder so ein verkappter Vegetarierkram …

Wat de Buhr nich kennt, dat freet he nich, ärgert sich die Frau mit der Angela-Merkel-Frisur, als sie Bobbys Rückzieher hinter ihrem Schnibbelbohnensuppenbudenvorhang beobachtet. Man hat's eben nicht leicht als Gourmet-Göttin, hier in Keksdorf.

*

Na gut, dann wechseln wir mal das Metier, schlägt Vera im Studio vor, als Bobbys SMS meckert *„Sportplatz muss das heißen, nicht Schrottplatz".*

Vera bleibt cool. *Typisch Mann mal wieder. Beim Führerschein glauben alle Ahnung zu haben. Nehmen wir eben ein Frauenthema. Nun bist du wieder dran, min Deern!*

Paula macht auf mondän. Schließlich lesen sie die Gala auch in Keksdorf. *Sein wir mal ehrlich, meine Damen! Gepflegte Fingernägel sind unverzichtbar für die moderne Landfrau, oder? Also nix wie hin in den Haschredder Nummer Zwölf: Nagelstudio Veronica Geldbusch – hier werden Sie genagelt!*

Bobbys Kommentar kommt prompt, sie kommt per SMS und auffallend spärlich in der Aussage. *Heschredder, Paula...!*

*

Männer sind schon als Bbbääbys bbblau, quäkt Herbert Grönemeier aus Westnorddeutschlands vorletzter Musikbox, als Bobby ins Dorfcafé Kleinlich geschlurft kommt, sichtbar quergelaunt. An der Theke, Baujahr 1960 plusminus, hockt Dieter Danzinger, den sie Schanzen-Dieter nennen, und nagt an einem Störtebeker-Bier.

Ach, da kommt ja Bobby Reich, der Arme.

Bobby kennt den Kalauer zur Genüge, hört gar nicht hin, jedenfalls tut er so. Außerdem, der soll bloß still sein, der Dieter. Rauscht mit seinem Kleinstlaster voller Eier aus Keksdorf einfach die Sprungschanze in Osterode runter. Nur weil das Navi „links ab" geblökt hat. So einer muss sich über andere wirklich nicht lustig machen!

Bobby setzt sich. *Tass Kaff Helga! Aber nich wieder so dünne wie letztma, näch!*

Helga und Bobby haben ein traditionell gespanntes Verhältnis. Seit er damals beim Tanzstunden-Abschlussball den Tango mit ihr versucht hat, humpelt sie. Heute, als gestandene Gastwirtin, da weiß sie sich zu wehren. *Nu mach ma halblang, Bobby. Was'n los mit dir? Siehst ja aus, als ob du grad ne Dose Sauerkraut auf ex geraucht hast!*

Das Personal hier war auch schon mal freundlicher, grummelt Bobby, bevor er sich mit akkuratem Aldi-Sparpreis-Gesicht an den Ecktisch mit Gartenblick verzieht.

Als Grönemeier zu Ende gequäkt hat, stänkert auch noch Heini Melkbuhr, der in der „Forke" blättert, sozusagen das Keksdorfer Käseblatt.

Hier steht, ihr habt ne Neue jetzt? Er zeigt auf einen Artikel mit Paulas Foto im Großformat

Wusste gar nich, dass du lesen kannst, zischt Bobby, rührt genervt in seinem Kaffee.

Heini lässt sich nicht beirren. *Die scheint ja ganz schön plietsch zu sein, diese Paula Plopp.*

Plietsch! weist ihn Bobby zurecht.

Ja, sach ich doch, plietsch!

Kleine Denkpause. Dann macht es klick und Heini hakt nach.

Dann sind deine Tage beim Radio wohl bald gezählt, näch?

Frieder Kampmann, auch an der Theke, allerdings bereits im Bommerlunder-Modus, sieht das ähnlich. *Yo. De hat jo man ganz schön flotte Schnacks auf Lager, de Deern ... Und blond isse auch.*

Ein bisschen sieht Bobby jetzt aus wie Adam, dem man gerade den letzten Apfel aus dem Paradies geklaut hat, und Eva gleich mit. *Ach was, keine Chance hat die. Dafür baut sie viel zu viel Bockmist!*

Heini Melkbuhr zeigt energisch auf das Foto in der „Forke". *Na ja, aber dafür sieht sie ganz schön schickschnutig aus, find ich. Und Dieter auch.*

Er dreht sich zur Seite um. *Näch Dieter?*

Yo! grunzt Schanzen-Dieter, bevor er wieder an seinem Störtebeker-Bier nagt.

Bobby reicht es jetzt mit dem Geschnacke. Er geht zum Gegenangriff über.

Also ich steh mehr auf Latina-Typen, sagt er, und versucht krampfhaft, besonders lässig zu klingen.

Zu seinem Glück kommt gerade Fiete Buddelmann herein.

Hallo Dieter, säch mol, hest du Gerd gesehn?

Schanzen-Dieter überlegt kurz. *Yo. Häb ick.*

Un wo?

Na Samstach, beim Knalltütenball!

Ach, mit wem denn?

Na mit diese schräge Nudel, Iwon oder wie de Deern heet …

Und du?

Na, ick heet Jochen. Dat weet du doch.

Dieser Dialog pinselt sogar Bobby ein Lächeln auf die Lippen. Die anderen grölen. Eine gute Gelegenheit, aus der Paula-Falle zu kommen.

Also Tschüss denn, sagt er im Aufstehen, *ich muss jetzt zur Shanty-Probe hin. Tass Kaff geht auf Deckel, Helga!*

Alle hier wissen, dass die „Keksdorfer Klabautermänner" am Sonntag ihren ersten öffentlichen Auftritt haben. Ausgerechnet beim Püschendorfer Gluckenball.

Na, dann brauchste aber fix noch een oder twee Zungenschrittmacher, schlägt Helga vor und wedelt mit der Bommerlunderflasche.

Twee, sagt Bobby, rückt seine Hornbacher zurecht und setzt sich wieder.

Äääkr gehört zu miiier! kräht Rosenbergs Marianne aus der Musikbox, als alle Anwesenden ihr Schnapsglas mit einem kühnen Ruck Richtung Decke reißen. Kurz danach schütteln sie sich wie damals der Köter von Schlachter Stummeyer, als er damals in die Jauchekuhle gefallen war. Bobby beschleicht die erfahrungsgestützte Ahnung, dass das wohl nichts mehr wird heute mit der Chorprobe...

*

Im Studio lassen Paula und Vera die coole Kuh los. So heißt das Branding, das sie ihrem Werbe-Output kurzerhand verpasst haben.

Warum in die Ferne schweifen. Machen Sie doch mal Kurzurlaub nebenan. Einfach weg von Kuhstall und Misthaufen, und die Seele gemütlich mit den Ohren baumeln lassen. Unser Tipp: Wenn´s ein sauberer Urlaub sein soll: Pension Maria Staubfinger. Gleich am Deich.

Staubinger heißt die, Paula! wird sie von Bobby belehrt, der prompt wieder anruft. Seine Stimme klingt etwas onduliert. *Die kommt aus Bayern … und die hat früher mal Maßkrüge geschleppt … auf dem Oktoberfest … Wenn die das hört, was du hier erzählst …*

Jo mei! O´zapft iss! ruft Kinski, der ganz plötzlich und unerwartet aus Veras Armee-Rucksack linst. Offenbar haben ihm die Schlaftabletten dauerhaft nichts anhaben können.

Vera ist genervt. *Oh nee! Dieser Chaos-Vogel. Dabei hatte ich ihm doch extra zwei fette „Double Down Premium" gegeben!*

Da kannst du mal wieder sehen, wie hart Papageien im Nehmen sind, erklärt Paula.

Egal, das Programm muss weiterlaufen. Eine Suchmeldung ist fällig. Die lütte Lotte vom Verein Alleinerziehende Kinder e. V. sucht ihre Eltern. Ihr Anliegen hat sie auf Band gesprochen.

Hallo Hinnerk, Hallo Ilse! Egal wo ihr seid, im Pilzkrug oder so – kommt schnell nach Hause. Das Pony hat die ganze Bowle weggeschlabbert. Und jetzt steht es mit Taucherbrille auf dem Sprungbrett vom Swimmingpool!

Weiter geht's mit Werbung. Zum Glück keine große Herausforderung für Vera. *Frisör Fritz Feuchtmann. Hier bekommen Sie die original Hamburger Hirnspülung von Doktor Kralle ...*

Attacke!!! ruft Kinski dazwischen, etwas uninspiriert zwar, aber Veras Schlaftabletten hat er offenbar noch besser überstanden, als den übrigen Beteiligten lieb sein kann. Doch mehr hat er momentan offenbar nicht zu sagen ...

Das Wetter ist wieder fällig. Paula hält das Mikro zu. *Sag du mal an, Vera, mir fällt nix ein.*

Vera rudert verbal im Leeren. Aber dann ist sie ganz Profi. *Hallo liebe Hörer von Radio Koksdorf. Nun berichte ich euch das Wetter. Also Ohren auf jetzt ... Im Frühtau zu Berge ist über allen Wipfeln Ruh. Und gegen Abend müssen wir jederzeit mit einbrechender Dunkelheit rechnen …*

Geistesgegenwärtig rettet Paula die kritische Situation. *Das war das Wetter, heute präsentiert von unserer absolut charmanten Wetterfee Vera Valendra.*

Mensch Vera, tadelt sie als das Mikrofon dicht ist, *hast du wirklich Koksdorf gesagt?*

Vera pariert den Vorwurf souverän. *Na und, ist doch heute Grundnahrungsmittel, vor allem bei Prominenten.*

Paula lässt das einfach so stehen. Bloß keinen Streit anfangen, wenn uns Vera erstmal in Wallung kommt, fliegen die Fetzen meterweit. Auch Bobby hält sich raus. Bommerlunder sei Dank, denkt Paula erleichtert.

*

„Verkehrsdurchsage", glimmt es düster auf dem Bildschirm. Paula versucht, die Zeilen zu identifizieren, dann legt sie los. *Und nun noch eine wichtige Verkehrsdurchsage: Zwischen Ossendiek und Tötensen liegen Leichenteile auf der Fahrbahn. Die Polizei bittet um erhöhte Vorsicht!*

Sekunden später kommt es zu einem Fernduell mit Bobby.

Mensch Paula ... Reifenteile ... hat er gesagt!

Leichenteile hat er gesagt.

Reifenteile, verdammt!

Dann soll er nich so nuscheln! Dann versteht ihn auch dieser Sprachdingsda.

Ich sach ja, Bauernlümmelradio! ätzt Vera. Und bekommt gleich darauf von Paula einen neuen Einsatz aufs Auge gedrückt. *Sportnachrichten ... Mach du mal, Vera. Du warst doch mal mit diesem Sportlehrer zusammen.*

Das ist lange her, Vera versucht es trotzdem.*Und hier die aktuellen Ergebnisse des Keksdorfer Fußball-Turniers um den Cappuccino-Cup der Eisdiele Zamparoni: Drei zu null ... Zwei zu eins ... Eins zu eins ...und null zu vier.*

Ich wusste gar nicht, dass du Ahnung von Fußball hast, staunt Paula. Vera lächelt geschmeichelt.

Paula lächelt ebenfalls, dann serviert sie den nächsten Verkehrshinweis. *Und hier nochmals ein wichtiger Verkehrshinweis: Zwischen Stonsdorf und Poppenhusen liegen zwei Klappstullen auf der Fahrbahn ... Moment, es kann aber auch Klappstühle heißen…Ach egal. Werdet ihr ja sehn, wenn ihr a langfahrt.*

Lütt un' Lütt!! ruft Kinski mitten in die nächste Moderation hinein. Nicht dass Vera etwas gegen die traditionelle küstentypische Getränkekombination aus einem kleinen Bier mit einem Korn einzuwenden hat. Doch das gehört jetzt ganz und gar nicht hierher. Sie zieht eine gelbe Karte aus ihrer Jackentasche und hält sie hoch wie beim Fußball. *Noch einmal Kinski, dann seh' ich rot, und dann fliegst du. Aber raus.*

Der Gemaßregelte schweigt. Aber nur aus taktischen Gründen. Kurz darauf sitzt er direkt vor dem Mikrofon. *Hart.Härter.Hertha … Ruf.mich.an!*

Vera greift nach ihrer Dompteur-Jacke, ein Relikt aus ihrer Zirkuszeit, und geht in Jagdposition.

Dreimal.die.Sexxx.Dreimal.die.neun, fügt Kinski noch fix hinzu, bevor Paula das Mikro zuhalten kann. *Er hat gestern wieder Telefonsex-Commercials gekuckt,* erklärt sie hektisch. *Momentan seine Lieblingssendung. Seitdem er die Fernsteuerung kapiert hat, zappt er so lange, bis er die Tele-Tussies gefunden hat. Manchmal steht er dafür sogar nachts extra auf.*

Ruf.Mich.An! fordert Kinski dreist.

Doch jetzt hat der Frevelvogel ausgespielt. Unter dem Stoffbeutel von Fielmann und dem Kissen von Bobbys Kanapee, die ihm Vera blitzschnell übergestülpt hat, kann er kein Unheil mehr anrichten, zumindest Schnabel-verbal.

Zwanzig Sekunden später ist Lehrer Ludwig in der Leitung. *Sagen Sie, Fräulein Plietsch, die Telefonnummer von dieser Hertha ... äh... wie war die noch mal?*

Paula erläutert, es habe sich um ein Versehen der Regie gehandelt.
Dann läutet sie das Finale ein. *Ein Commercial noch, und eine Meldung, dann ist Schicht um für heute,* sagt sie zu Vera. *Du nimmst den Commercial, ich die Meldung, okay?*

Vera ist einverstanden und legt los. *Schlachter Werner Stummeyer empfiehlt sich als Fleischdealer Ihres Vertrauens. Hier ist das Rinderherz so frisch, davon können Sie glatt noch ein EKG machen lassen!*

Das letzte Wort hat Paula. *Und jetzt noch eine Meldung von überregionaler Bedeutung: Wie die Stiftung Narrentest soeben mitteilt, ist Klempnermeister Kurt Kruse erneut Keksdorfer Kegelkönig geworden. Wir gratulieren zum zehnten Titel in Folge, lieber Kuddel, und wir freuen uns schon auf die Krönungsfeierlichkeiten.*

Sie können nicht verhindern, dass Kinski dazwischen ruft „*Nacktduschen im Festzelt!*"

*

Der nächste Tag beginnt absolut aufregend für die Probemoderatorin von Radio Keksdorf. *Du sollst sofort zum Chef kommen, Paula!* Das feiste Grinsen in Bobbys Gesicht lässt darauf schließen, dass er sich seiner Sache sicher ist. Sehr sicher sogar. Jetzt fliegt sie! triumphiert er in sich hinein. Soviel Mist, wie die hier gebaut hat, schon in der Probemoderation, das geht auf keine Kuhhaut. Nicht mal auf dem klamottigsten Hühnerhof in Keksdorf.

Grübelnd geht Paula hinüber in den Tabakladen mit Lottoservice, den Herr Hoormann betreibt. Nebenbei gibt er den Chef von Radio Keksdorf. Er hat sich gerade ein Astra-Rotlicht aufgeploppt und sieht verdächtig gut gelaunt aus. Eine Falle? Ja, bestimmt eine Falle! Das grinsende Rasiermesser, der ritterlich servierte Rausschmiss. Herr Hoormann wedelt mit einem Blatt. *Hallo Fräulein Plietsch! Eben habe ich dieses Fax von Rechtsanwalt Linksmann erhalten, allerhöchste Ebene!* Paula zuckt zusammen. Rechtsanwalt? Das kann nur Schadenersatzklage bedeuten. Wahrscheinlich wegen der verkorksten Commercials.

Also Fräulein Plietsch, Herr Hoormann wird richtig wichtiggesichtig, *Rechtsanwalt Linksmann ist*

Vorsitzender des Moderatoren-Wettbewerbs. Und jetzt kommt´s. … Nu hol di man mol fix fest, min Deern: Radio Keksdorf het just Platz ens mookt! Waaaahnsinn Paula!! Glöv dat oder nich – nu biste Moderatorin des Monats!!!

*

Am nächsten Tag sind die Zeitungen voll von dem Event. Die Damen und Herren Redakteure schütten Lob aus wie einst Frau Holle die Betten. Tenor: „Paula Plietsch rockt das Bauernfrühstücksradio". Ein Engagement sprang für Paula aber nicht heraus. Kein Geld, bedauerte Herr Hoorman. Allerdings bewilligte er eine Abschiedsmoderation.

*

Rache ist süß, daher hat sich Paula einen finalen Gag ausgeknobelt. Fingierte Versprecher, wie frisch gezapft aus Bobbys Intrigenschmiede. Nur dass es diesmal ihn selber treffen wird. Paula setzt sich in Position. Dann legt sie los:. *Hallo liebe Fäns und Fränds vom Bauernlümmelradio! Eure Paula Plietsch sacht nu Tschüss! Und macht euch keine Sorgen, alles Spaghetti, momentan keine ominösen Gegenstände auf Straßen und Feldwegen in Koksdorf und um Koksdorf herum. Und das ist gut so, denn gleich mach ich Feierabend. Und danach macht der Bobby noch die Nacktschicht … Tschüüüüüs!*

Paula Plietsch und der Öko-Ödipus

Preview: **Wie Hermann der Cherusker die Schlacht am Teutoburger Wald vergeigte.**

… Gar nicht so leicht, so ein Detektivinnenleben. Im Flieger von Malle zurück nach Hamburg spuken Paula unaufhörlich Ullrich Ullmann und seine Mutter Herta durch den Kopf. Wo konnte Ulli bloß wieder abgeblieben sein? Hoffentlich war ihm nichts passiert. Für Herta, klar, war wieder seine Frau Lisa daran schuld, dass sich Ödipus Ulli ein weiteres Mal in Luft aufgelöst hatte.

Da muss ich wohl durch, seufzt Paula. In etwa einer Stunde wird sich das Rad des Schicksals wieder drehen wie die Bohnenschnipselmaschine beim Bohnenschnipseln.

Schicksal! Plötzlich fällt ihr das Heftchen ein, das sie dem Studenten mit dem Rastazopf abgekauft hatte. „Schicksalsminiaturen" stand drauf.

Okay, etwas Ablenkung kann ja nicht schaden, bevor zuhause neue Sturmwolken aufziehen. Paula angelt die bunte Papiertüte aus der Handtasche. Komisches Gefühl. Das hat was von Wundertüte aufmachen in der Schulzeit. Meist handelte man sich zwar billigen Schrott ein, mitunter kam aber auch Sinnvolles und Überraschendes zutage. Auf jeden Fall ist Paula derbe überrascht, als sie den Titel liest: „Wie Hermann der Cherusker die Schlacht am Teutoburger Wald vergeigte".

Paula stutzt. Hört sich irgendwie nach Geschichtsunterricht an. Komisch, und das soll etwas mit dem Schicksal ihrer Klientin Lisa zu tun haben?

Egal, mal sehen, was dieser germanische Hermann alles so erlebt hat.

Sie beginnt zu lesen: „Endlich war er da, der große Tag. Drei Legionen Römer marschierten in langer

Reihe durch den Teutoburger Wald. Ein schier endloser Lindwurm, gewandet in Römisch Rot und bis zu den Waden im Morast.

Mein Plan funktionierte. Mit diesem ökologischen Pattex an den Stiefeln hatten sie bei einem Angriff der Germanen keine Möglichkeit, ihre allseits gefürchtete militärtaktische Schildkröten-formation aufzubauen.

Also los! Ich warf meinen Helm ins Gebüsch, dass es nur so schepperte. Das verabredete Zeichen zum Angriff für meine tapferen Germanenkrieger, die allesamt sorgsam getarnt im Hinterhalt lauerten.

Der Zug kam ins Stocken – mehr passierte nicht. Sämtliche Vögel rundum schienen höhnisch ein Spottlied zu pfeifen, direkt gezapft von den Dächern der Heiligen Stadt im späteren Bunga-Bunga-Land.

Ein eilfertiger Römer klaubte das Angriffssignal wieder auf.

Ihr Hörnerhelm, Herr Hermann!

Grazie, Soldat! Ich werde dafür sorgen, dass du eine Medaille erhältst! lobte ich.

Wir ritten weiter. Nach dem dritten vergeblichen Helmwurf erkundigte sich Römer-Chef Varus nach meinem Befinden.

„Hast du was genommen, Cherusker?" Mit süffisantem Lächeln wies er auf die Fliegenpilze am Wegesrand.

Ich schüttelte den Kopf, dass die Haare flogen. *Nein, keine Sorge, großer Varus, das ist ein Brauch der Germanen. So reinigen wir auf Kriegszügen die Luft von Moormücken. Je mehr von den Biestern es trifft, desto besser lässt es sich Krieg führen. Ständig das Pieksen dieser Plagegeister, wie soll man da denn in Ruhe das Schwert schwingen können?*

Sag ich doch – Fliegenpilze, hörte ich Varus seinem Adjutanten zuflüstern, während ich anfing, demonstrativ unbeteiligt „Hänschen Klein" zu pfeifen.

*

Wir erreichten eine Lichtung. Eine kleine Hütte, drinnen bastelten sie schon an den Souvenirs.

Frisch geschnitzte Hermann-Figuren, maßstäblich verkleinert dem Denkmal nachempfunden, das ich, nach gewonnener Schlacht, bei Detmold für mich errichten lassen wollte.

Ihr Vollpfosten, könnt ihr nicht warten, bis es soweit ist? schimpfte ich.

Sorry, Herr Hermann, aber die Zeiten sind schlecht. Irgendwie müssen wir möglichst avanti zu Geld kommen. Die Wildschweine werden immer seltener. Klimawandel, Sie wissen schon ... Und die Römer erhöhen ständig die Mieten.

Was soll das heißen?

Sie wollen uns rausekeln, Herr. Und dann installieren sie hier eine Filiale ihrer regierungseigenen Pizzakette.

Pizza? Nie gehört ...

Diese neue Essmode, Herr. Sie nehmen Brotscheiben, groß wie Wagenräder und flach wie Einlegesohle. Da drauf platzieren sie gegrilltes Kleingetier, das unter die Ochsenkarren geraten ist. Tomaten, Zwiebeln und Basilikum drauf, dazu jede Menge Ami-Ketschup und fertig. Passt natürlich gar nicht in unsere Kultur ...

Wenn wir statt dessen hier Souvenirs an die Römer verkaufen, könnten wir finanziell überleben.

Ich betrachtete die Holzstatue in meiner Hand und fahndete nach einer Lösung. Zum Glück hatten die Germanen keine Ahnung vom Gesichter schnitzen. So konnte ich dem blöden Römer mein Denkmal als sein eigenes unterjubeln.

Es ist für deinen Ruhm, großer Varus!

Hübsch, sagte Varus. *Extra für mich? Ich bin tief gerührt, lieber Hermann. Ich werde das deiner Mutter gegenüber lobend erwähnen.*

Zum Kuckuck, wieso fängt der jetzt mit meiner Mutter an? Ausgerechnet dann, wenn ich mich anschicke, mich mit dicken Lettern ins große Buch der Weltgeschichte einzutragen. Ich ritt eilends an

die Spitze des Legionärs-Lindwurms, versuchte dort nochmals den Helmwurf. Wieder vergeblich.

Ich wandte mich an den Kundschafter.

Warum, zum heiligen Döner noch mal, greifen wir nicht an, Kundelix?

Es sind keine Krieger mehr da, Herr Herrmann.

Waaaas? Kerl, was soll das heißen, es sind keine Krieger mehr da?

Soeben traf eine SMS ein, Herr Herrmann: Sie sind alle auf dem Weg nach Münster.

Waaas … Nach Münster? Aber das ist doch die genau entgegengesetzte Richtung! Ich wurde langsam wütend …
Was geht hier eigentlich vor, Kundelix?

Nun, Herr Hermann, wie ich hörte … ähemm … ist es so – der Erzbischof von Münster, er hat die Jungs für den Dombau engagiert.

Dombau? Was zur Hölle ist ein Dom?

Das ist so, Herr Herrmann, die Kirchenfürsten gehen in letzter Zeit dazu über, sich Denkmäler zu setzen. Das Kathedralenfieber greift um sich. Jeder will die größte haben.

Ich war natürlich tief enttäuscht. *Aber … aber wie können die Krieger mich so hängen lassen? Ich habe sie doch extra mit einer Kollektion hochmoderner*

Hörnerhelme ausgestattet. Designed by Giorgio Germani übrigens, wenn ich das mal erwähnen dürfte! Sicher, Herr Herrmann, aber … ähhhh … der Kardinal, Hörnerhelme hin, Giorgio Germani her, er hat unseren Männern ein Angebot gemacht. Das fanden sie wohl attraktiver als wochenlang im Wald mit Römern zu rangeln.

Aber … aber sie hätten doch als Helden in die Weltgeschichte eingehen können! …

Ich brauchte ein paar tausend Pferdeschritte, um mich wieder zu fangen. Dann aber hakte ich dezent nach.

Sag einmal, Kundelix … was für ein Angebot hat dieser Kerl, dieser äh, Kardinal, ihnen denn eigentlich gemacht?

Hmhhh, Herr Herrmann, ich wage es kaum auszusprechen, antwortete Kundlix reichlich zögernd. *Aber wie ich hörte, lautet der Deal so: tagsüber am Dom basteln, nach Feierabend frei Fressen, Frauen und fassweise Freibier.*

*

Varus ritt heran, sein Gesicht wirkte ratlos.

Verstehst du das, Herrmann, was der große Cäsar aus Rom von mir will?

Er zeigte mir eine SMS: *„Varus, gib mir meine Legionen wieder".*

Keine Ahnung, entgegnete ich. *Aber könnte es vielleicht sein, dass euer Vertrag mit dieser dubiosen Zeitarbeitsfirma ausläuft?*

Varus überlegte nicht lange.

Vielleicht sollten wir einfach umkehren! Mit dieser Truppe kann man sowieso nix anfangen, nicht mal Wildschweine jagen haben die im Portfolio.

So soll es sein, großer Varus!

Dumm gelaufen, dachte ich verbittert. Was soll ich jetzt bloß den Geschichtsschreibern erzählen, wenn die Schlacht am Teutoburger Wald einfach nicht stattfindet?

Ein Verdacht köchelte in mir hoch. Schnell eine SMS an meine Mutter.

Mutter!
Die Schlacht ist ausgefallen. Ich weiß, dass du dahinter steckst!
Musste das denn sein?
Dein Sohn Herrmann

Wie mit der Steinschleuder kam die Antwort zurück.

Du hast Recht, mein Sohn. Ich habe das Angebot aus Münster gefakt. Wollte verhindern, dass du wieder in schmuddeligen Kleidern nach Hause kommst. Du weißt doch, wie schlecht diese römischen Rotweinflecken herauszuwaschen sind.

... und außerdem hat am Sonntag Tante Trude Geburtstag. Also beeil dich, wir erwarten dich pünktlich um neun zum Frühstück."

*

Landeanflug. Paula lässt das Heft sinken. Sinnierend schaut sie hinunter auf das wieder mal diesige Hamburgwetter. Wie Recht der Rasta-Student doch hatte. Lisas Schicksal, in wenige Worte gegossen, es war wohl der Drama-

Doppelpack aus Ödipus Ullrich und seiner Mutter Herta.

Nun aber fix raus aus dem Flieger. Bestimmt wird Vera schon warten. Ich bin ja mal bannig gespannt, was ihre Recherchen ergeben haben.

Und hoffentlich hat Kinski seinen Schnabel gehalten! Seit er sich regelmäßig Inspektor Colombo im Fernsehen ansieht, schmeißt er immer öfter mit Krimivokabular um sich.

Thänxcksgiving!

Mein Dank gilt allen, die irgendwie, irgendwann, irgendwo bei diesem E-Book mitgewirkt haben, an der kreativen Frontline, als Vorlage für eine literarische Figur oder hinter den Kulissen, insbesondere

Ivo Constantin für seine (grob geschätzt) Neunundneunzigkommafünf unermüdlichen Anläufe, auf dem Weg zu einem plietschen Cover.

Theo Waldhauer, der sich mit Dateien, Deadlines und Updates manch fiesen Fight lieferte, bis der Text so schnieke wie jetzt im Internet paradieren konnte.

Carlos de SeeWo, der als graue Eminenz im Hintergrund zahllose Fäden zog und mich mit seiner Erfahrung, seinem Engagement und seinem kreativen Können vollumfänglich unterstützte und motivierte.

... und last but not least den TestleserInnen
Charly, Biggi, Gabriela, Gudrun, Ivo, Jutta,
Regina und Thomas.

Danke, Danke Euch allen!

In Vorbereitung:

- Paula Plietsch und das
  EdelpartnerInnen-Vermittlungsinstitut
  „Goldbärchen"

- Paula Plietsch und das Museum der
  gescheiterten Erfinder